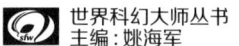
世界科幻大师丛书

主编：姚海军

地球精神分析记录

[日]山田正纪 著

王昱星 译

四川科学技术出版社

图书在版编目(CIP)数据

地球精神分析记录 / [日] 山田正纪 著;王昱星 译.
--成都:四川科学技术出版社, 2023.8
(世界科幻大师丛书 / 姚海军 主编)
ISBN 978-7-5727-1081-0

Ⅰ.①地… Ⅱ.①山… ②王… Ⅲ.①幻想小说 – 日本 – 现代
Ⅳ.①I313.45

中国国家版本馆CIP数据核字(2023)第144407号
图进字号:21-2021-69

世界科幻大师丛书

地球精神分析记录

SHIJIE KEHUAN DASHI CONGSHU
DIQIU JINGSHEN FENXI JILU

丛书主编	姚海军
著 者	[日]山田正纪
译 者	王昱星
出 品 人	程佳月
责任编辑	程蓉伟 姚海军
特约编辑	赵云帆 张泽阳
封面绘画	刘 莹
封面设计	姚 佳
版面设计	姚 佳
责任出版	欧晓春
出 版	四川科学技术出版社

成都市锦江区三色路238号 邮政编码 610023
官方微博:http://weibo.com/sckjcbs
官方微信公众号:sckjcbs
传真:028-86361756

成品尺寸	140mm×203mm	印 张	10	
字 数	150千	插 页	2	
印 刷	成都市金雅迪彩色印刷有限公司			
版 次	2023年8月成都第一版			
印 次	2023年8月成都第一次印刷			
定 价	48.00元			

ISBN 978-7-5727-1081-0

邮 购:成都市锦江区三色路238号新华之星A座25层 邮政编码:610023
电 话:028-86361770

■ 版权所有·翻印必究 ■

恐惧吧，在盲目的墙上，一道目光将你窥望。

——[法]奈瓦尔《金色诗句》

目录

V　　　IV　　　III　　　II　　　I

综合诊断　联想分析　无意识分析　病历分析　症状分析

后记　　激情　　疯狂　　爱　　憎恶　　悲哀

……　　……　　……　　……　　……　　……

311　　243　　181　　125　　061　　001

I 症状分析　悲哀

ルゲンシウス

1

尽管审美因人而异,但我还是想说,没有比那更丑陋的生物了,至少当时我是这样认为的。

老实说,那时的我并没有额外的精力,也没有足够的时间来考虑这种细枝末节的审美问题。但更多的,则是因为肉体上的痛苦已经剥夺了我的思考能力。

用"寒冷"来形容我身处的环境无疑太过保守——事实上,人类还没有发明出一个词语来准确形容终年零下七十摄氏度、风速十五节[①]的冰封高原。

---

①节,速度单位,英文为knot,每小时1.852千米。

　　我全身包裹在防寒服里，看起来如同圣诞节的小熊。驯鹿毛的兜帽、驯鹿皮的手套、海豹皮的长靴……要是再加上一件全黑的斗篷，我的装扮估计就和儿童电影里的宇宙强盗一模一样了。

　　但这样的防寒装备也依旧不够。在北纬七十多度的格陵兰高原上，无论多少防寒装备都绝对谈不上充足。我甚至害怕寒冷会让我的肺冻结，以至于不敢用力吸气。

　　没有下雪，但在我周围不断飞舞的碎冰却如同针一样锋利，比雪更加苛酷。皮肤只要稍微露出半点儿，怕是就会立马变成这些碎冰的绝佳目标，不出半小时就会被冻伤。

　　没错，我现在身处的地方正是人类能够想象到的最恶劣的环境——但这残酷的环境却不是我眼下的问题。毕竟格陵兰本来就极度寒冷，算不上真正的问题。要说眼下的问题，则是我面前聚集成群的动物——海象。

　　明明海象更喜欢选择浮冰作为栖息地，为何现在却偏偏聚集在格陵兰的高原上？虽然觉得不可思议，但现在我并没有时间来探明这个问题。不管怎么说，海象群堵住了我前进的道路，这是毋庸置疑的事实。

真要说的话,海象的外形其实挺滑稽的,但你可不能被这种外表所欺骗。它们身长三至四米,体重可达一千三百千克,此外还拥有将近一米长的牙齿作为武器,发起狠来的海象能和北极熊正面开战,加上皮肤异常之厚,绝不是一两发子弹就能打死的。

毫不夸张地说,单枪匹马走进海象群里是一种成功率极高的自杀方法。

也许我应该绕过去。但在这终年冰封的高原上绕路,可不仅仅是浪费时间的问题,要是运气不好,可能还会陷入进退维谷的危险境地。

毕竟我无法判断在哪里会遇上怎样的冰层裂隙——但如果放在平时,我大概还是会选择绕远路。而现在我之所以没有这么做,则是因为在我心目中,面前的海象群毫无疑问意味着神话世界里的龙颔①。

各民族的神话——特别是英雄神话——都明显拥有共通的模式:即将成为英雄的人物在达成目的前都不得不克服某种障碍。障碍的具体内容当然根据各神话的不同而有差异:

①龙颔,骊龙的下巴,传说其下有宝珠。

比如解开半神半兽给出的谜语;或者必须在一天内打扫干净肮脏的牛圈;又或者击败喷火的恶龙。

我现在面对的似乎是最后这种情况。当然,我既没有成为英雄的天赋,也没有成为英雄的愿望。

但是在我所属的神话世界里,我被任命为了英雄。如果此时从海象群前逃走的话,一定会令世界(他)大失所望吧。

我其实并不在乎世界是否对我失望。话虽如此,但如果我触碰到了世界的逆鳞,这说不定会导致我在拜见"悲哀(Lugensius)"一事上遇到障碍,要是这样,问题就严重了。总是违背神的意思,最后招来意料之外的不幸,得到这种下场的可不仅仅是俄狄浦斯一个人而已。

我不知道世界——也可以称之为神——的真实身份究竟是什么。也许他只不过是个戴着黑框眼镜,身穿白大褂的老男人;而我则只是个脑袋里幻想着格陵兰,实际却躺在精神分析医生的长凳上的神经衰弱患者。

想什么蠢事呢……

我摇了摇头。我正身处在这北极的强风之中是毫无疑问的事实。与其说自己是神经衰弱患者,不如说我才是医生,正要前去治愈覆盖着整个世界的神经症。也正是为了达成这个目的，我才要去见"悲哀"……

我没有任何理由怀疑自己是神经衰弱患者。就算不认为自己是神经衰弱患者，我也有足够的根据断定这个世界是神话世界，以及神话世界患上了神经症。另外，英雄神话有着明显的进化过程。尽管这并非是所有民族共通的，但据说从最朴素到最复杂的概念，英雄神话一共会经过四个阶段的进化。其中各个周期分别被命名为"捣蛋鬼""野兔""红角"和"双胞胎"①。关于各个周期究竟拥有怎样的特性，现在的我并没有精力来详述。但有一点必须澄清，那就是在这个地球上幸存的五十万人类如今迎来了从未经历过的英雄神话的第五阶段，也就是"行尸走肉（zombie）"的周期。

人类曾经拥有丰饶的内心世界，如今却已然接近枯竭，甚至不得不从外部寻求英雄神话，重建精神世界。

而我必须去会见的所谓"悲哀"，其实既不是恶龙也不是巨人。虽说制造它的电子工学完美得近乎奇迹，但说到底，它

①美国人类学家保罗·拉丁（Paul Radin）的理论，他在研究美国威斯康星州的温尼贝戈族（Winnebago）的神话之后得出了这四个阶段。它们对应的英文分别为 the trickster、the hare、red horn 和 the twins。

也不过就是一台巨大的机器人而已。

我不是躺在长凳上的神经衰弱患者。没错,也许我身处的世界已无比疯狂。即便如此,为了阐释其疯狂,也没有必要非得我也是个疯子。

但果真如此吗?

我的脑海里响起了在哪儿听过的话,不知是谁在何时何地说的,但我的确曾经听到过。

"他的情况用**症状分析**最为有效。这并非什么特殊疗法,反而应该说是很古典的方法。

"通过暗示让患者再现疾病症状基础所在的记忆。如果是以打击、心灵创伤、外伤等为主要原因而导致的神经症,症状分析可以带来十分显著的效果……"

疯掉的究竟是这个世界,还是我自己?

突然,我感知到危险,全身细胞激烈地颤动起来。

真是的,我明明正面对一大群海象,却在这个时候进行自我反省,一不留神差点儿被一头海象的长牙给打中。幸好我几乎是下意识地朝后一倒,否则可能就直接丢掉了脑袋,根本没有机会再来考虑自己是否正常了。

我的身体在冰面上滑动,鼻子里还残留着海象油腻腻的口臭。

那头海象可能发现自己失败了,也可能只是对我失去了兴趣,悠然地在冰雪上爬远了。

冰冻的雪原可不是舒适的床铺。事实上雪原比铁板更坚硬,大概就算是坦克开在上面也会感到不舒服。自然,倒下的冲击让我的脊背上传来一阵难以忍受的剧痛。

我痛苦地呻吟起来。但就算呻吟,却也没时间让我一直躺着等待痛苦逐渐消失。刚刚向后滑倒的同时,防风镜差一点儿就飞了出去。我的脸只暴露了极短的时间,而寒风和碎冰立刻乘虚而入,对我的脸进行了精准打击。

我重新戴好防风镜,摇摇晃晃地站起身来。只有一件事情确凿无疑:就算这个世界真的诞生于我的幻想之中,痛苦也依旧是痛苦,而死亡估计也依旧是死亡。

弄明白了这一点后,我要做的事情就很简单了:依照世界的愿望,挑战成为英雄的障碍。我要不择手段地突破这群海象才行。

我取下了背包。戴着厚手套从背包里找东西可不太容易，不过我最终还是摸到了想要的东西。

那是个很像发胶喷雾的容器，只不过里面的液体可没有发胶那样好闻的香气。应该说与那正相反的效果才是这罐喷雾的价值所在——有种专门击退鲨鱼的药，会散发出鲨鱼最为厌恶的气味，而这个喷雾是同类产品，并且威力是击退鲨鱼用的药的十倍。不过，这原本是拿来对付北极熊的，不知道对海象是否也能发挥出同等的威力。

只好让我以生命为赌注来试一试了。

我将喷雾里的液体喷满全身。就算我再不讲究，这也绝对说不上是愉快的体验。哪怕我超级自恋，此时自己身上散发的强烈恶臭估计也会让我知难而退，只希望海象们也会同样如此。

我将喷雾塞回背包，然后迈出了第一步，踏入几十根佩剑般的长牙形成的阵列中。走出第一步后，接下来我只要一鼓作气继续前进就行了。

本以为已经被寒冷完全冻住的心脏开始以难以置信的频

率疯狂跳动起来。这也难怪，要是这些海象同时朝我扑来，大概要不了五分钟我的身体就会被撕成一堆碎肉吧。

海象们没有表现出我预期中的反应。明明它们应该在闻到我身上散发出的恶臭后就争先恐后地后退才对，至少我听说鲨鱼闻到这种药品之后一般是这种反应——然而海象们不知是太迟钝，还是太懒散，就算我走到它们中间，它们也依旧悠闲自得地躺着一动不动。

反正我也不可能再回头了。我继续前进，每一步都有可能踩中老虎尾巴的感觉。

终于，海象的数量开始渐渐减少。前方只剩下不到十头了，但我的紧张感却越发强烈，光是要从那不到十头海象身边走过，就已经让我难以忍受了。为了拼命压制住自己尖叫的冲动，我全身都抖成了筛子。

终于，我走过了所有的海象。

我保持着同样的步调继续前进。这时候回头看海象群导致至今为止的努力全部化作泡影什么的，我才不会犯这种愚蠢的错误。

世界任命我成为英雄，于是我就像个英雄那样成功在龙颔下蒙混过关。

又走了一会儿后，我查看了一下指南针。

方向没有错。我应该会在这附近遇见"悲哀"的卫兵。然而放眼望去，茫茫冰原上只有颗粒状的冰雪，没有任何像是卫兵的人影，别提人影了，就连任何会动的东西都看不到。

我已经筋疲力尽了，但看起来还得继续走下去才行。我叹了口气，正准备迈开步伐，就在这时——

"站住！"

伴随着一声枪响，一个嘹亮的声音顺风传来。

枪声在冰原上久久回响，但我没看到子弹射向何方。大概只是为了起威慑作用而朝天空放的空枪吧。

我僵硬地停在了原地。

在我前方大约三十米远的地面上，一块矩形的雪朝上升了起来——是活板门，看来我们的卫兵先生是住在地下的。

由于距离还远，而且卫兵全身都裹着防寒衣物，所以我看不清他的模样。

"干什么的？"卫兵叫道。

"我想见'悲哀'。"我提高了音量。

"为什么想见他?"

"我经历了一场悲剧。"在呼啸的强风中,我的声音听起来十分孱弱,"所以希望'悲哀'能与我一同感受悲伤。"

"……"卫兵沉默了。

我的理由应该非常合理。"悲哀"被制造出来的目的,就是为了代替甚至已经不懂得如何悲伤的人类而哭泣。

我等待着卫兵的回答,除了等待也别无他法。

终于,我看到卫兵缓慢地晃了晃手里的来复枪。看起来应该是"过来吧"的意思。

于是我缓慢地迈开了步伐。

2

卫兵的房间将在这极北之地可能实现的奢华发挥到了极致。若不是有 RCA 发信机、温度记录仪、精密计时表等一应俱全的硬核设备，甚至会让人错以为身在市中心的高级公寓里。

火炉上的咖啡壶随着热气"咔嗒"作响，让房间里的氛围更加舒适起来。

让我意外的是，卫兵其实是个很纤弱的年轻男子。不管是那头金发，还是细细的八字胡，其容貌都莫名地让人想起拜伦[①]来——不过话说回来，"悲哀"的卫兵与其说是士兵，不如

[①]乔治·戈登·拜伦（George Gordon Byron，1788—1824），是英国十九世纪初期伟大的浪漫主义诗人。

说是更类似于祭司一样的身份，所以也许诗人才更合适担任这份工作。

卫兵将两只脚架到桌子上，开始阅读我递过去的病历。病历里应该详细描述了我是个不得不借助"悲哀"的力量才能够懂得悲伤的男人。

根据那份病历的说法，我自打娘胎起就是一个典型的行尸走肉世代(zombie generation)成员。

如果将物理学上的能量守恒定律运用在描述人类的心理状态上，则会得出这样的结论：无意识的能量填充量等于意识损失的能量。大家都知道，弗洛伊德将这种能量称作"力比多"。只不过在弗洛伊德的学说里，力比多主要用于解释与性相关的内容，而随着计量心理学的发展，弗洛伊德的学说已经被否定了。事实上，各种感情、各种压抑、各种情结、各种原始类型……所有东西都能够形成"力比多"。而意识与无意识之间的能量差决定了所有人类的心理状态。

行尸走肉世代的显著特征，就是意识与无意识之间的能量分配完全均等。他们均呈现出社交丧失、感情麻木、自我空虚等症状。精神分析医生将这种状态称作"精神热寂"。现在卫兵正专心阅读的病历应该也证明了我是完全无法感觉到任何情绪的行尸走肉。

"原来如此。看起来你的确有见'悲哀'的资格。"卫兵抬起头来,"问题在于,你所谓的那个悲剧具体是指什么?"

意料之中的问题。之所以说卫兵的性质更接近于祭司,就是因为这一点。要想见到"悲哀",就不得不通过卫兵的资格审查。

"我失去了妻儿。"我回答说。

"离婚吗?"

"出意外死了。"

"交通事故?"

"妻子带孩子出门,孩子在副驾驶座上。因为妻子很久没开车,车速过快……"

"原来如此。"卫兵将视线放回病历,确认了一下我的名字,"真是遗憾哪,阿尔——"

"……"我只是煞有其事地点了点头作为回答。

我左手端着咖啡杯,这个姿势让我显得像个怡然自得的客人。但实际上我的右手腕上缠满了电线,电线一直连到地下的电脑上。而电脑则负责仔细检查我的反应,确保不会漏过任何谎言。

我再重申一次,我正在接受资格审查,而非受到款待。

"你爱你的妻子吗?"卫兵问。

"说什么呢?"我抬起头,"这难道不是当然的吗?"

全身突然传来被电击的感觉。我甚至看到自己放在桌子上的右手冒出了青白色的电光。我痉挛着惨叫起来。

简直就像是被活活烧死的感觉。虽然只是短短一瞬,但我却感觉自己已经在炼狱中度过了一生。

"对电脑撒谎可行不通哦。"卫兵晃了晃手指。

"……"我没能作答。

从极端的痛苦中解放出来后,我的全身都被虚脱感所占据,仿佛自己已经变成丧尸。甚至有淡淡的烟雾从我的右手手腕处冒了出来。

"你可真是光荣的行尸走肉世代成员呢。"卫兵讥讽地说,"失去了精神潜能的人类不可能爱上他人。正因为无法爱,所以也无法哀悼。

"你是为了见'悲哀'而到这里来的。因为精神分析医生认定你有这样的资格,所以才来的,对吧?都这种时候了,你也没必要装模作样了。你既无法爱别人,也无法哀悼他们的死亡。"

"……"我依旧沉默着。

如果我真是卫兵手中的病历上记载的那种人,那么他所说的就完全是事实。我既无法去爱,也无法哀悼——我在内心偷偷发笑。

"没什么可羞耻的。"卫兵似乎正处于得意忘形的最高峰,"我也不是不能理解你想表现爱着妻儿的心情。毕竟是人类嘛,理所当然的……

"但电脑可不懂得体贴你的心情。你对家人没有丝毫的爱,失去家人也没令你悲痛欲绝。

"所以你有见'悲哀'的资格。"

听到卫兵最后这句话,我才终于放心地松了口气。看来我顺利通过了资格审查。

"你可以把电线取掉了。尽管电击让你吃了苦头,但就结果而言你是幸运的。你说你是爱着妻子的,要是电脑没有断定你是在撒谎,我大概当场就让你滚蛋了。毕竟一个人如果能够爱他人，就没有资格见'悲哀'。"

"没多少时间了。"我一边取电线一边小声说，"我什么时候能见'悲哀'？"

"马上。"

卫兵爽快地从椅子上站起身来，坐到通信机前。大概在用只有他才知道的闭路呼叫"悲哀"吧。

我的手腕上留下了一个红色印记。想必之后会变成严重烧伤，让我疼得死去活来吧。

我将目光从手腕上移开，环顾了一下房间。

墙上挂着一幅画，那是罗塞蒂①的复制画。罗塞蒂是欧洲世纪末艺术②的代表画家，据说他曾反复地在作品中尝试唤醒死去妻子的灵魂。

我大概能够猜到为何卫兵会将这幅画挂在墙上。他将罗塞蒂的画挂在墙上，大概是为了嘲笑同时代这些甚至连悲伤都不懂的人们。也许还想说明现在这个时代才是世纪末。

虽然他的工作是引导行尸走肉世代的人会见"悲哀"，但

①但丁·加百利·罗塞蒂（Dante Gabriel Rossetti, 1828—1882），英国画家、诗人、插图画家和翻译家，是拉斐尔前派的创始人之一。

②指十九世纪末二十世纪初在欧洲大城市流行的一种艺术流派。

他自己却公然炫耀自己并非行尸走肉世代的一员。看来他自认为是多情的拜伦爵士——但我讨厌那个俗不可耐的拜伦。

"行了，我们出发吧。"卫兵在通信机前站了起来，"你准备好了吧？"

"嗯。"我也站了起来。

就在这时，我感到地面在摇晃。这种程度的震动还不足以让人感到危险，但我注意到覆盖着天窗的雪崩落了下去。

"地震吗？"我问。

"不是。"卫兵一边戴上兜帽一边摇摇头，"你也知道格陵兰有地热能源的无人实验中心吧？好像还在实验阶段什么的。只要是从地球内部局部地区汲取能量，就始终无法避免地壳收缩。"

几十分钟后，我就又在雪原上了。只不过这次不只我一个人，也没必要自己走路。我和卫兵一同乘上了雪地车。雪地车的型号相当老旧，不过持续的引擎轰鸣声却让人感觉十分可靠。

两条西伯利亚犬在前面为雪地车开路。据说这是为了防止雪地车陷入冰层裂隙里报废，算是一种保险手段。在雪原上，没有比西伯利亚犬更优秀的带路者了。

夜幕已经降临。这是只有在极地才能看到的、恰如其名的《星月夜》①。在雪地车灯的照耀下，雪原散发出青色的光芒，仿佛化作了静谧本身。

卫兵一边驾驶着雪地车，一边有一搭没一搭地跟我聊天。就算是极北之地的诗人，在长期独居生活后似乎也变得亲和了一些。

然而，我却丝毫没有跟他搭话的心情。终于要见到"悲哀"了，这种想法让我有种类似于虚脱的感觉，实在没有心思开口。

防风灯的光亮甚至让我有些昏昏欲睡。

大概开了一个小时，卫兵突然粗暴地一脚踩下刹车，然后对我说："接下来我们就在这里等着。'悲哀'应该会来迎接我们。"

震耳欲聋的雪地车引擎声消失后，雪原上猛烈的风声就又回来了。那是符合"悲哀"登场的风声，甚至能让人联想起死者的恸哭。

———

①是指梵高的著名画作。

"要喝吗?"

卫兵将保温瓶里的咖啡倒进杯子,然后递给我。

"嗯。"我接过杯子时问道,"'悲哀'过来需要多长时间呢?"

"这个嘛。"卫兵摸了摸下巴,"大概十个小时吧。"

"……"我点了点头。

看来会是非常漫长的十小时。恐怕也会是我这一辈子经历的最漫长的十小时。

"又来了哦——"卫兵抬起头轻声说。

他话音还未落,就传来了之前的那种摇晃——如果非要用地震等级来描述的话,估计它还不如微震。

咖啡洒在了我的膝盖上,然而我遭受的损失可远不止咖啡而已。

"你口袋里的东西掉出来了。"

卫兵弯下腰,从地上捡起那个东西。他正准备把那东西递还给我,但眼睛如同蛇一样眯了起来。

我知道自己犯下了无可挽回的失误,感觉心都凉了。

"你为什么会有这种东西?"卫兵在我眼前摇晃着那个装

着药丸的小瓶子，"这不是人格赋予剂（persona）吗，你为什么会有这种东西？"

很明显卫兵已经开始对我起疑了。我不能有片刻犹豫。要是让他有机会再次联系"悲哀"，使其回程，那么我至今为止的一切努力就要全部付诸东流了。

我抬起双腿，用尽浑身力气踹向卫兵的胸膛。

"啊……"

卫兵从雪地车上滚落下去。但他在滚落的同时却没忘记一把抓起来复枪，真是令人敬佩。

我看到卫兵摔落在雪原上后似乎又滚了两三圈。很明显他在寻找一个能开枪打死我的好位置。

我当然不能让他这么做。我按下点火按钮，并顺势扳动方向盘。变速箱、差速器，乃至全部的机械部件都发出了悲鸣声，引擎也不断地发出咆哮。

枪声被引擎声盖过，但我听到了防风灯碎裂的声音。

卫兵惨叫起来。无论是谁看到将近五吨重的雪地车朝自己压过来的一幕，都会忍不住尖叫吧。

我没有停下雪地车的意思。一种难以形容的声音传来，一种像是碾烂了什么东西、又像是压碎了石头一样的声音。雪地车的车头曾一度微微朝上抬起,但最终在自身重量的作用下,车体又沉了回去。

我做得万无一失。此时此刻,只有彻底榨干卫兵的最后一丝生命力才是真正的慈悲。

终于,我关闭了引擎。我感觉到自己的身体在颤抖。刚刚我犯下的罪行可谓恶魔的行径,更何况我对卫兵没有半点儿仇恨。

理性让我无法忍受继续待在雪地车上。狭窄的驾驶席让我感觉就像是棺材一样。

血将雪染得鲜红。难以想象,竟然能从一个人的身体里压出这么多血来。

两条西伯利亚犬站在雪地车旁边,对着变成一团模糊的血肉的主人哀鸣不已。就连狗在看到所爱之人死后都能感到悲伤,这让我嫉妒,甚至有些恼火。

我捡起掉落在雪原上的来复枪。不知为何,来复枪竟毫发无伤。

我用右手抬起枪托,将枪尾抵在肩膀上,准星瞄准依旧在悲号的西伯利亚犬。

我扣下了扳机，然后拉动枪栓，又扣了一次扳机——于是狗叫声也听不见了。

我放下枪，突然间一阵呕吐感猛烈袭来。这是人类理所当然的反应，但我却没有放任自己吐出来。呕吐会消耗体力，而我必须全力阻止这种事情发生。

因为我马上就要见到"悲哀"了——并且还必须击败他才行。

我一边拼命压制住呕吐的冲动，一边回想那一天发生的事情，而那正是引诱我来到这极北之地的起因。

3

水龙头渗出的水一滴一滴地落下来,在房间里激起空虚的回响——那断断续续的声音徒增了这个肮脏的房间以及我自身的虚无。

我坐在床上,等待电话铃声响起。

电话毫无动静。自从失去妻儿后似乎一直都是这样,电话再也没响过。

我并没有觉得不幸,也没有感到寂寞。妻儿在事故中去世时,虽然我也曾感到微澜般的动摇,然而也仅此而已。不管我等待多久,这种动摇也没有变成悲伤。

我对黏土般的自己感到强烈的厌恶。我已经无法忍受自己是行尸走肉世代的事实了。我该做的只有一件事：联系精神分析医生，完成一切必要的检查和手续。然后今天，他们会打电话告知我结果。

但电话却毫无动静，我明明从一大早就等在电话机旁边了，却还要不断忍受烦躁与无聊。

我几乎是下意识地将手伸向床边的桌子，拉开抽屉，取出一个小瓶子。像往常一样，服用了三粒药——

小瓶子从我指间落下，滚落到地面上。我发现自己惊愕地张着嘴，如同下巴脱臼了一般——"像往常一样"？我明明就是个完全健康的人，为何会一直在服药呢？而且我甚至都不知道瓶子里装的是什么药。

那是我一直以来自认为是牢不可破的日常，头一次显露出噩梦般的样貌——但那时我却不必继续在噩梦中徘徊摸索，因为电话终于响了。

我反射性地抓起话筒，将药的事情完全抛在了脑后。

"这里是精神分析室。"

话筒里传来的那个声音听起来十分让人安心。

"我是阿尔。"我的声音颤抖起来。

"可以请你马上过来一趟吗?"对方的声音很冷静。

"我得到见'悲哀'的许可了吗?"

"具体情况来了再说。"

电话挂断了。

我慌慌张张地开始做出门的准备。

那家精神分析室位于一幢老旧建筑的三层。

门的表面上散布着油漆颗粒,看起来就如同大象的皮肤。我用力敲了敲门,油漆就大片大片地剥落下来。

"请进。"我听见一个如同叹息般的嘶哑的声音。

我打开门。

一间光线十分昏暗的房间。

在我正对面放着一张桃花心木的桌子,只有桌子的部分是明亮的,仿佛正被聚光灯照射着。桌子后面坐着一个似乎年纪很大的男人——之所以说似乎,是因为我一下子没能从外表判断出他的年龄来。

他是个干瘦的秃头男人,具体的容貌看不太清楚。也许是脸上有烧伤的疤痕吧，他半张脸都被黑色的橡胶面具所覆盖。此外他还戴着一副黑色的墨镜。

我若无其事地环顾了一圈房间。屋里还有另外三个人，不过因为光线太昏暗，都只能看到黑色的剪影。

"人终于到齐了。"桌后男人的声音里似乎带着些笑意。

"到齐了？"我没能理解他的意思，"你是不是弄错了？我是这里的患者，名叫阿尔……"

"没错，你是阿尔。"这时男人表露出了明显的笑意，"你平时的工作是修理电脑。前不久你的妻儿在事故中去世，而你却缺乏悲伤的能力。因此你特地来到这家分析室接受了诊断，看有没有资格会见'悲哀'。今天你则是来拿诊断结果的。如何？我说得都对？"

"……"我只是点了点头。

我觉得不管换作是谁，肯定都忍受不了如此无礼的态度。

"完美。"男人继续说道，"做到这种程度，要骗过'悲哀'也并非难事了吧。"

"骗过？"我无法再继续保持沉默了，"你什么意思？"

男人突然放声大笑起来。由于他的眼睛被墨镜遮挡，半张脸还被橡胶面具所覆盖,他的笑脸看起来就像是蠕动着的肉瘤。

其他三人也低声笑起来,听声音,其中一个应该还是位女性。

"得了吧,阿尔——"男人终于收起笑容,"没错,在这三年里,你的确一直以阿尔的身份和家人一同生活——但你真的是阿尔吗?赶紧想起来吧。阿尔的经历、性格、职业、公寓都是别人给你的,你只不过是在扮演他罢了。

"当然,你的妻儿也都不过是演员而已。他们两人也没有因为事故去世。只不过是我看准时机让他们退场了而已。

"世界上原本就没有这个名叫阿尔的男人。全都是为了准备一个最适合会见'悲哀'的人物,而由我一手设计的。为了能骗过'悲哀',就必须让你完全变成阿尔。假如阿尔这个人真实存在,他就会这么想,就会如此反应……为了完成这个训练,我们必须让你一直演下去。就结果而言,让你完全成为阿尔,整整花费了我们三年时间。

"此外,你还必须处于精神热寂状态才能见'悲哀',所以我们让你一直服用人格赋予剂。毕竟唯有精神能量状态是无法用演技蒙混过关的。

"现在你的口袋里也还装着人格赋予剂,对吧？好啦,差不多你也该想起来了吧。"

"……"

没错,我的确渐渐地回想起来了。在突然苏醒的记忆之中,似乎还伴有一阵强烈的失落感……

很久很久以前,人类发生了异变。有人说是因为人类终于走到了"进化的死胡同"的尽头,也有人说是全球规模的气候变化导致人类暴露在了大量宇宙射线下,但最终也没有得出定论。这场异变就如同默示录①里的末日一般,变成了类似传说的事件。

那之后又经过了多少个世代呢？——就连这也未有定论。就如同对待第一次世界大战之后的年轻人一样,人们将他们统称为行尸走肉世代②。他们(也包括我们自己)虽然智力没有衰退,生殖能力也没有消失,却仍是行尸走肉,这点毋庸置疑。

人类失去了心理学家荣格推崇的集体无意识——要明确

①指《圣经》中的启示录。
②指"迷惘的一代"。

31

定义集体无意识很难,它也曾一度被视作生物所具有的原始冲动,但也有观点认为那是绝对无法被意识化的某些事物,而后者更受大众认可。它处于我们无意识中最为幽暗的地方,处于自我也绝对无法同化的异境……

集体无意识可以说是人类进化带来的必然的精神遗产。所有人类都具备相同的集体无意识,但个人却无法了解它——这个异境会不断地喷发出精神能量。这种能量虽然能导致神经症和精神病,但同时也是人类创造性活动的源泉。

集体无意识才是让人类得以是人类的源泉,即使这样说也毫不为过。

集体无意识的消失直接引发了精神热寂状态。大部分人都因为空虚的自我而烦恼。对周边事物无动于衷,丧失了社交冲动,更重要的是记忆力显著减退……这些只是作为症状的表现,但问题的本质却不在于此。

集体无意识的消失让所有人类都变成了似人非人的东西。

可以说人类这个种族已经灭绝。如今徘徊在大地上的人类只不过是曾繁荣至极的人类文明残留下来的影子罢了——

或者也可以称其为亡灵。

能够证明物种灭绝的一大确切证据就是其个体数量的显著减少。据说在"异变"之后，世界人口减少到了最繁荣时期的百分之二十。但光是"异变"也无法说明之后如同退潮般的人口持续下降现象。集体无意识与种族维持的本能是密切相连的，虽然这一点暂未得到证明，但如今的人类也没有余力去证明了。

人类的一生和孑孓很像。活着，然后死去——就算记得一个月前发生的事情，昨日的生活却已然忘却……这样的生活腐蚀了日常的时间感知，人类变得无比羸弱。而这也就是行尸走肉世代的诞生。

宛如生活在永远不会终结的白夜之中。人类丧失了所有热情，只能抱着一片完全空白的记忆，如同行尸走肉般地生活。

如今，人类在澳大利亚大陆守护着最后的堡垒……

究竟是从何时起，这个世界开始带有神话面貌的呢？还有，朝着神话逆行才是这个世界真正需要的东西吗？这两者皆未有定论。

过去所有的民族都拥有英雄神话。不管在哪个时代，所有民族都拥有寄托自己梦想的神话。英雄们拥有各种不同的形象，或在电视中登场，或化作漫画杂志里的超人——但英雄的源流从来没有断绝过，直到"异变"发生。

根据荣格心理学的说法，所谓英雄神话就是个体自我从无意识和未成熟阶段得到解放的象征。而神话进化的四个周期据说同样也对应着个体自我的成长阶段。

但如今的现代人已经失去了自我，我们身上只残留着自我的影子。所以失去神话也是必然的结果。不，应该说人类的内在神话虽然消失了，但这个世界本身却开始朝神话转变。

现在世界上一共有四台神话机器人，它们的名字分别是"悲哀""疯狂""爱"与"憎恶"……而统御它们的巨大电子头脑"德塞森特①"则镇座于亚马孙深处。

这些机器人与这台巨大的电子头脑毫无疑问是在异变发生后才被制造出来的，却没有人知道究竟是谁，又究竟是出于什么目的制造了它们。一般人认为它们大概是靠着过去的超级大国投入巨资建设的——记忆衰退的人类同时也失去了记录历史的能力。"异变"后的历史就如同陷入了永不消散的迷

---

①德塞森特是若利斯–卡尔·于斯曼的小说《逆流》的主人公。

雾,永远都是朦朦胧胧的一团。

英雄神话不再局限于人类的内在,而将其象征让渡给了四台实际存在的机器人。这四台机器人才是人类已经失去且再也无法取回的最为崇高之物的具现。

机器人们能够悲伤、能够愤怒、能够去爱,可以说是失去了集体无意识的人类的心理补偿作用将这些机器人带到了世界上。所以失去所有感情的人类会害怕、崇敬这些机器人,甚至将它们看作是信仰对象,也就显得十分合情合理了。

据说在作为信仰对象的机器人里,"悲哀"的地位是最高的。当不得不直面悲伤时,人们就会动身前往格陵兰,进行会见"悲哀"的巡礼之旅。而要见"悲哀",就必须有精神分析医生证明该人缺乏自发悲伤的能力……

我想起来了。不,严谨地说,就算我不是"行尸走肉",但毕竟生于这个时代,要回想起三年前的事情对我而言实在是太难了,根本不可能做到。我拥有的记忆也不过像是醒来前的梦,飘忽不定。

在某个精神分析室,身为室长①的心理学教授周围坐着四

①日语中的"室长"指某一科室的管理人,在中文中无对应表述,故保留。

名成员——三名男性与一名女性,而我也是其中的一员。

"消除弑父情结最好的办法,就是杀死父亲。"用橡胶面具覆盖了半边脸的室长说,"同理,要消除现在覆盖全人类的人格丧失情结,最合适的方法就是将各种感情的具现——也就是四台机器人都破坏掉。"

"这难道不等于背叛人类吗?"有人问,"如果走错一步,人类就会失去神话的最后堡垒。"

"你害怕变成叛徒吗?"室长嘲讽道,"但没有其他办法能拯救人类。这个城市里所有的心理学者、精神分析医生们反复讨论出的结论,就是只有这一个办法。

"之所以选择你们四个去击败机器人,是因为你们没有行尸走肉世代的弱点。当然,只是程度的问题而已……此外你们四个都拥有强健的体魄,也具有相当的智慧。一人一台,我们相信你们一定能够完美地破坏掉机器人。"

"在破坏掉机器人后,具体会得到怎样的结果呢? 有预测过吗?"女人提问道。

"这不是你们需要担心的问题。"室长回答,"我的任务是进行地球精神分析记录(eld analysis)的综合判断。你们只要完成手术执刀医生的使命就足够了。

"任务定为三年后执行,在那之前请各自进行准备……"

从那天起的三年里,为了能够骗过"悲哀",我一直坚持服用人格赋予剂,扮演着名叫阿尔的男人。

"看来你是想起来了。"桌子对面的室长说。

"是的。"我的声音有些嘶哑。

"很好……"室长满意地点了点头,"你们前往各自目的地的交通手段,以及实行计划必需的装备都由我负责准备。但是计划本身却不得不由你们自己拟定。

"毕竟是要去破坏'神话',对一般人来说,这计划实在是过于耸人听闻,因此必须秘密进行……"

室长的这番话已经不是对我一个人说的了,而是对我和另外三名同伴说的,虽然至今我都还没想起他们名字来——说到名字,既然阿尔只是假名,那我真正的名字究竟是什么呢?

"成功破坏掉四台机器人之后……"室长像是总结般说道,"**幸存下来**的人还要互相合作,破坏'德塞森特'。"

我们都点了点头。自被委任破坏神话机器人的任务时起，我们就已经领悟到，我们的最终敌人是"德塞森特"。

"那么，接下来就谈谈具体的计划吧。"

就在室长的身体从桌子上探过的那一瞬间，那句话在我的脑海里——恐怕只在我一个人的脑海里响了起来——

"他的情况用症状分析最为有效。这并非什么特殊疗法，反而应该说是很古典的方法。

"通过暗示让患者……"

4

总算是到早上了——至少这个时刻能被称作是"早上"。时间是七点半。

尽管漆黑的天空中依旧闪烁着许多星星，但我还是倒上了一杯热咖啡，强迫自己接受新的一天已然到来的事实——昨天可真是糟糕透顶的一天。特别是我杀了一个人和两条狗，还费力将他们埋在雪原里，这几乎将我的体力和精力都耗尽了。

老实说，在钢板一样坚硬的雪原上挖坑可不是件容易事。而将自己亲手杀掉的人——尤其是还有狗——搬到坑里，更是毫不留情摧残神经的工作。

考虑到再过不久我就要和"悲哀"进行战斗，实在不该做这种浪费体力的事情。在这冰天雪地里，尸体根本就不用埋，毕竟他们绝不可能腐烂。但杀死他们并非出自我的本意，因此这也算是我对死者最大程度的祭奠了。

不管怎样，严酷而艰辛的一天已经成为过去。今天也许会更加艰难，但至少现在，在我周围充满了祥和的寂静，至少没有理由让我不能好好享受一杯咖啡。

我一边小口啜着咖啡，一边反复在脑海中回想那个声音。也许我应该认为那只是幻听，但要说是幻听的话，我又觉得那个声音实在是过于鲜明了。

然后我的心中就出现了奇妙的疑惑，久久不能散去。现在我眼前的这个世界——包含行尸走肉世代、神话机器人与"异变"的这个世界，难道真的不只是我妄想的产物而已吗？这一切难道真的不是一个接受症状分析治疗的精神病患者躺在长椅上的幻想而已吗？

我怎么会有这么愚蠢的想法？在我嘴边飘散的咖啡香气与刺破肌肤的寒冷碎冰——如果这些不是现实，又是什么呢？尽管我觉得这种疑惑很愚蠢，但同时又无法将它从心中抹去。

而这种疑惑也并非毫无根据。我如今身处的这个世界，在细节方面十分模糊不清。不管是"异变"也好，集体无意识的消失也罢，这些事情的发生经过都完全没得到解释。不是说人类只在澳大利亚有一个城市吗？可我却完全不知道该城市的行政组织、经济体制、治安制度等细节。这个世界一方面存在着完美的自律型机器人，同时进行着开发地壳能量的实验；另一方面却还在使用老式电话、雪地车之类的东西。这种发展上的不平衡也让人难以信服。

况且我至今都还没能想起来自己的本名……

这一切不都完美符合精神病患者的噩梦所拥有的性质吗？

当然，也不是不能这样去认为——行尸走肉世代的人如果聚集起来，他们所构筑的世界应该正是我现在实际体验的世界。细节之所以模糊不清，是因为我本身在某种程度上也属于行尸走肉，要说当然也是理所当然。

就这样，我反反复复地自问。

疯掉的究竟是这个世界,还是我自己?

咖啡杯已经空了。在煤油炉的温暖火焰下,挖掘雪地时冻僵的双手也恢复过来,能毫无障碍地活动了。

我应该回去工作了。"悲哀"至今还未现身可以说是幸运,但我不能期待这种幸运会一直持续下去。我本来就是和幸运无缘的人。

我在雪地车狭窄的驾驶席上打开了背包。背包里装着武器的五个部件,背着这么沉的东西在雪原上徒步行走可真不是件轻松的事情。

我说的武器其实就是指有线制导反坦克火箭炮。本质上就是巴祖卡火箭筒,但命中精准度可达一千米,炮身和榴弹的重量也被压缩到原来的一半左右。而且炮身更短,射手可以亲自操作瞄准镜手柄。使用助推火箭和主火箭发射,具备贯穿六十厘米厚装甲的力量。

大概没有比这更优秀的可携带式反坦克武器了。但对方是机器人,很难保证这火箭炮究竟能发挥多少威力。

我本来的作战计划是先赢取"悲哀"的信任,然后趁其不备发动攻击。就算它是机器人,只要瞄准后脖子根打,估计还是能一击致命的。但现在卫兵已经死了,这个作战计划也泡汤了。"悲哀"是绝对不会相信我的。

火箭炮能发挥出多少威力,只能通过正面交锋来见证了。

我开始组装火箭炮,丢脸的是,我的组装速度完全跟流畅沾不上边。手套比预料中碍事,大大降低了我的手指灵活度。但在这种极寒天气之中,光着手摆弄金属毫无疑问会被冻伤。

我专注于手头的工作。现在,这具火箭炮是我唯一的助手。

突然,我听到了什么。很像风声,但又和我已经听习惯的那种风声有些不同。

我抬起头来。

抬起头时,我才第一次注意到昏暗的天空中映着极光。极光描绘出绝美的条纹图案,光芒渐渐增强的同时,缓慢地朝着天顶上升。北极光散发出的光辉给连绵的雪原铺上了一层淡淡的光彩,看起来就像是游乐园的滑冰场一样。

在极光与雪原之间的地平线上,有什么东西在动。我差点儿就想拿起双筒望远镜去看,但立马又打消了这个念头,并加快了组装火箭炮的速度——就算不用望远镜确认，那是什么也很明显了。

我听到了那个声音。

那声音可以被描述为低声的号泣，和镇魂歌类似。中世纪欧洲的班西①发出的大概正好就是这样的声音吧。

那声调听来仿佛能挠伤人的胸膛，其中莫名夹杂着金属般的回响。"悲哀"既然象征着人类的悲伤，那这歌声可以说十分贴切了。

我终于组装完了火箭炮。按理说，我应该再仔细检查一遍才对，但就算发现了不完善的地方，我也没有时间进行调整了。

我把火箭炮扛在肩膀上，调节了一下瞄准镜手柄。

瞄准镜里，"悲哀"的巨体占满了整个视野——据说将"悲哀"形容为"行走的青铜像"最贴切。他的外貌不愧是以英国著名演员演绎的俄狄浦斯为原型，脸上散发着青年的生机与酝酿悲剧的庄严美感。如果将"悲哀"缩小到十分之一，他甚至能成为艺术品吧。

---

①又译作"报丧女妖"。出自爱尔兰传说，因其哭泣能预示死亡而闻名。

他的表情亘古不变，衣服上的每一道褶皱都是经过制作者的精心考虑之后雕刻上去的。此外他的形体充满了青春的跃动，令人过目不忘——那姿态的确值得上神之名号。当然，仅限于他不会动的时候。

不用说，"悲哀"和纯粹出于实用性而制造出的粗陋蜘蛛形步行机器人不是一个层次上的存在。如果说只要是机器人就行，那么他并不需要模仿人类的模样，大可安上六条腿或是车轮之类的东西。但拥有人类的姿态，并且象征着超越了人类的某种东西，这才是"悲哀"的存在价值。

但遗憾的是，制作者的意图并没有传递到正用瞄准镜十字线对准"悲哀"的我的心中。超合金与电子工学拥有的压倒性质感只让我单纯地感到恐惧。毕竟"悲哀"身高高达十米，重量则远超二十吨。

"悲哀"又一次发出了叫喊。他双肩上背负着鲜艳的七彩极光，并久久吟唱着悲歌，那姿态可真不辱"悲哀"之名。

我从雪地车的驾驶席探出半个身子，用一种不自然的姿势扛着火箭炮。

瞄准镜里"悲哀"的身影正在逐渐变大——或许我应该再

等他距离近一些,但我无法忍受继续凝视"悲哀"了。

毕竟,在缓慢但切实地逼近的死亡面前,有谁能保持冷静呢?

我扣动了火箭炮的扳机,却没有感受到预测中的反冲力。我几乎是下意识地又一次扣动了扳机。果然,导弹还是没有发射出去。

我感到全身血液仿佛都倒流了。我用力吸了一大口气,我已经没空去担心肺部会不会因此冻结了。然后我再一次慎重地瞄准,如同祈祷般地扣下了扳机——可火箭炮依旧保持着沉默。

一阵强烈的无力感朝我袭来。

火箭炮是我手上唯一的武器,而这具火箭炮却是劣质品,完全派不上用场。

5

我能做的事情只有一件。

那就是把火箭炮狠狠地摔在地面上——考虑到为了能迅速组装火箭炮,我接受了多少的训练,在雪原上徒步行进时这玩意儿又给我造成了多大的负担,就算把它给枪毙了也不解恨。

但是,我现在可没有精力来考虑要怎么做才能枪毙火箭炮。虽然"悲哀"因为巨大而看起来十分缓慢,但他的步行速度其实相当快。此时他和我之间的距离已经拉近了很多,我甚至能看清楚他青铜色的面庞上嘴角边的皱纹。

　　我在一瞬间踌躇了，我承认。我考虑过放弃抵抗，留在原地，尝试去骗过"悲哀"——但是，"悲哀"在会见人类时，无一例外都有卫兵在场。我能轻易地想象到，在察觉到没有卫兵的瞬间，"悲哀"就会发挥出凶暴的神之特权，将我活活捏死。

　　只有逃走了。但说是这么说，我还没盲目乐观到觉得自己有能力完全逃离"悲哀"。

　　"悲哀"是不懂得放弃的神，此外还是不知疲劳的机器人——恐怕不会有比他更理想的追踪者了。而作为逃亡一方的我，如果雪地车的汽油烧光了，我就只能在原地听天由命了。

　　光是逃避不行，这太愚蠢了。我不仅要逃跑，同时还得寻找打败"悲哀"的方法才行。并且还要尽快，因为雪地车上只载了一桶后备汽油。

　　我开始发动雪地车的引擎。要发动已经冷却下来的引擎恐怕不太容易，虽然心里早已有所觉悟，但我的厄运似乎终于触底反弹了——引擎竟然一下就点燃了。

　　开着雪地车可没法如脱兔般逃走。一来是我并不习惯驾驶雪地车，二来车子本身的轮间距很窄，这台车属于相当老旧的型号——光是调转车头就花了我不少工夫。

在很短的一瞬间，"悲哀"似乎只是目送着雪地车远去。但他的机械知觉机①以惊人的速度决定了他接下来的行动——一个对于我来说不那么友善的行动："悲哀"开始满怀信心地追赶我的雪地车。

雪地车的引擎疯狂地咆哮个不停。很明显我对雪地车施加了过大的负担。本来这台车也是个差不多该进博物馆的老古董了。

风好像变强了。从地表卷起的碎冰让本来就差的视野变得更加糟糕。尽管我不太想往这个方向去想，但似乎北极圈特有的暴风雪正在逼近。

我驾驶着雪地车继续前进。后视镜里，"悲哀"的身影缓慢但确实无疑地在逼近——我究竟是会先遭遇暴风雪，还是会先被"悲哀"追上呢？我忧郁地在脑海中自问。

要打倒"悲哀"，我有两个方案，但不管哪一个都只能用幼稚和拙劣来形容。要么想方设法把"悲哀"逼到冰层裂隙里，要么用雪地车去撞他。

①指由罗森布拉特于1958年提出的存储和组织信息的神经模型。主机分为三个部分：感受单元（sensory unit）、联络单元（association unit）与反应单元（response unit），分别模拟大脑对应的三层细胞。

但不管我打算施行哪个方案，都占不到地利。雪地车至今还没有遇上一条像样的冰层裂隙，而雪原又过于平坦，不利于冲撞。毕竟在毫无遮蔽的雪原上，"悲哀"得要有相当程度的幽默感，才会被慢吞吞的雪地车撞上。然而，就算我可以期待"悲哀"能做到任何事情，唯独"拥有幽默感"这一点是我无论如何都期待不了的。

我慌张起来。眼下的状况根本不是能不能打倒"悲哀"，而是我要如何避免自己被杀死。我不知道神话机器人隐藏着多么强大的力量，连想都不愿去想——但他明显不是我可以正面攻击并获胜的对手。

我大概逃跑了有三十分钟吧。

雪原突然变了模样。目所能及之处，冰层裂隙如龟裂般扩散开来。覆盖在地面上的雪也变成了冰河，几乎像水一样开始流动起来。

雪原之所以突然变成这样，原因倒是一目了然。远处，在所有呈现放射状扩散开来的冰层裂隙的中心，一个巨大的坑洞如血盆大口一般张开着。在雪原的黎明时刻，只有那里散发出异样的强烈红光。

大地在悲鸣震动。

大量的雪块如同过山车一般翻滚着,然后被黑漆漆的冰层裂隙吞没。

那是地热能源的无人实验中心⋯⋯

被风吹起来的雪堆成了小山,我将雪地车停在了小山的阴影里。要与"悲哀"作战的话,大概没有比这里更合适的地形了,况且我也不可能继续开车前进了。

"悲哀"已经近到我可以清楚地看清其全貌了。虽然他的表情不可能有任何变化,但在我眼里,他明显流露出一丝愤怒的神色来。

我从驾驶席取出卫兵留下的来复枪,跳下了雪地车,然后朝着冰层裂隙遍布的雪原全速狂奔。后来我才意识到,我不仅跨过了那些狭窄的裂隙,甚至连平时自己压根儿都不敢靠近的那种极宽的裂隙,我也都用力跳了过去。

好几次我的脚都差点儿陷到冰水里。但就算不陷入冰水,我的动作在极寒之下也已经变得迟钝了。如果我不小心摔倒,身体也浸入冰水里,估计会死于心脏骤停。

我好不容易跑到了一个地面状态不算太坏、空间又足够架起来复枪的地方。当然,我不会傻到以为用来复枪就能击败"悲哀"。来复枪只是将"悲哀"引诱进冰隙雪原的道具而已。只要成功做到这一点,"悲哀"的重量就是唯一对我有利的条件了。

"悲哀"没有半点儿犹豫,径直踏入了冰隙雪原,迈着毫不拖泥带水的步伐直奔我而来——现在,他和我之间的距离只有二百米左右了。

我瞄准了"悲哀",一发接一发地扣动来复枪的扳机。其中有几发打中了,也有几发射偏了。对于"悲哀"来说,这其实毫无区别。来复枪无力的子弹不可能在他超合金的胸膛上制造出伤口。

"悲哀"又叫了起来。不是我已听惯的那种悲歌,而是王者发出的愤怒咆哮。那桀骜不驯的人类竟敢朝自己发动攻击,现在的"悲哀"已经气急败坏了。

"悲哀"加快了步伐,他和我之间的距离已经不到一百米了。

恐惧让我的身体分泌肾上腺素的速度更快了。此时此刻,我正被迫体验着远古原始人面对狂奔而来的猛犸象时的恐惧。类似于人类在面对巨大的东西、高贵的存在时，近乎本能地抱有的敬畏之情。

来复枪的子弹也打光了。

突然，"悲哀"巨大的身影一歪，冰水的激流溅起大朵水花，打湿了他的双腿。他仿佛是打入冰层裂隙里的一枚楔子，将裂隙拓得更宽了。

接下来的画面就像是慢动作电影一样，"悲哀"硕大的身体栽倒下去，从头部开始缓慢地被裂隙所吞没。巨体激起的雪和碎冰如同白雾般扩散开来。

"悲哀"的重量背叛了他。冰隙雪原太过脆弱，无法支撑起他庞大的身躯。

我愣在原地站了好一会儿都没回过神来。毕竟"悲哀"如此庞大，凭常识，怎么都不会料到他能在一瞬间就完全消失。我甚至没有察觉到自己手里的来复枪滑落了下去。

风似乎变得更加强烈，更多碎冰飞来，光靠驯鹿毛的兜帽已经防不住了。

我发出一声毫无意义的叹息。接下来只要开着雪地车回卫兵的基地去就行。那里有通信机，可以轻易地呼叫到飞机来接我。我慢吞吞地往回走——然后，听到了那个声音。

哗啦哗啦，听起来就像是有人在用力嚼冰。我回头寻找声音的来源，然后忍不住尖叫起来。

吞没"悲哀"的冰层裂隙正急速地变宽。很明显，那不是自然力量造成的现象，而是内部有什么东西在施加压力。裂隙的壁面上出现龟裂，雪块如同被刀削一般纷纷掉落。

"怪物……"我摇着头自言自语道，"是怪物啊。"

裂隙里伸出一只巨大的手，稳稳地抓住了裂隙的边缘。那粗壮的手臂似乎拥有足够的力量，能挂住"悲哀"全身的重量。

我差点儿产生一种朝那只手狂奔过去，用力踩踏那只手的冲动。当然，就算我再怎么用力踩，"悲哀"也不会感到丝毫疼痛。

只能用雪地车撞他了。虽然我也很怀疑这么做能起到多少效果，但现在别无他法。

我朝着雪地车跑去。想到车上也许还有备用弹夹，又顺手捡起了来复枪。

我的体力已经快耗尽了。别说什么继续和"悲哀"战斗了,我已经累到光是在雪原上奔跑都感觉困难得不行了。现在的我还能继续移动,完全靠的是潜意识中的求生本能。

当我好不容易抵达雪地车时,我陷入了最糟的状况。全身流淌的汗水流到一半就冻结成冰。当我拖着身体爬上驾驶席,查看煤油炉的火焰时,甚至差点儿当场昏睡过去。

但不论睡魔的诱惑多么迷人,现在都不是可以睡着的时候。我和"悲哀"的战斗还在继续。

这次雪地车的引擎也马上就发动了起来。这辆雪地车简直就是我的幸运"兔子腿"。

就在我启动雪地车的同时,"悲哀"的两只手攀住了冰层裂隙的边缘。既然反正都要失去雪地车,那么我希望能将其威力发挥到最大。最有用的办法应该是用雪地车把"悲哀"撞回那条裂隙里,所以我必须让雪地车加快速度。

但是雪地车的设计理念并不是为了快速行驶。好几次前面都出现了雪地车开不过去的冰层裂隙,每次我都不得不从其他地方绕远过去——不管我心中怎样焦急,雪地车都无法疾驰起来。

雪地车终于越过了最后一条冰层裂隙。从这里到"悲哀"

所在的裂隙之间就完全是平坦开阔的雪原了。

对我来说最为幸运的是，由于冰层裂隙边缘的雪十分脆弱，"悲哀"爬上来所耗费的时间比我想象的更长。但就算如此，雪地车还是太慢了。"悲哀"几乎已经全身出现在地面之上了。

继续这么开过去，雪地车也不可能一股脑儿地将"悲哀"撞回裂隙里。只要"悲哀"两只脚都稳稳地站在地面上，那么这种半吊子的方法就不可能击败他这样的机器人。

那之后的几分钟里，我是凭着怎样的想法才做出那些举动的，事到如今我已经无法清晰地回想起来了。大概就和被逼至绝境的小动物一样吧，身体在本能的引导下自己动了起来。

我首先将备用的燃料箱从车上丢了下去，接着抓起来复枪和弹夹，也跳下了雪地车。

我的身体落在软雪上，几乎陷了进去，在寒冷的冲击下，我的心脏差点儿就停跳了。如果有人希望死于心脏骤停的话，没有比在北极圈泡冰水澡更好的办法了。

"悲哀"此时已经完全爬出了冰层裂隙，霍然挺立起他那巨大的身躯。而正朝着"悲哀"驶去的无人雪地车却颠颠簸簸，看起来完全靠不住。

我无法期待雪地车能有什么作为。我把上好子弹的来复枪放到一侧，两只手将燃料箱高高地举过头顶，然后扔了出去。

当然，已经乏力的我不可能把燃料箱扔得很远。不过在强风的助力下，也幸运地飞了十五六米——这时候，雪地车正好抵达"悲哀"脚下。

我朝着燃料箱开枪了，连续不断地开枪，直到子弹打光。

一道出乎我意料的炎柱冲天而起。灼热的冲击波将我弹飞，我全身都像是在燃烧。

火焰变化着形状，急速扩散开来。火焰生出的黑烟朝着原本就不太暗的北极圈天空滚滚上升。

然后传来了震耳欲聋的爆炸声。这时"悲哀"正伸手要抓的雪地车也被引燃了——但是"悲哀"却没有半点儿踌躇，将已经化作一团火焰的雪地车高高举起。

"悲哀"的巨体完美而匀称，在强风吹拂的火焰中显露出黑色的剪影。那的确是不辱神之名号的威容。

四下的雪开始崩落。然后大量的雪块就像决堤的洪水一样翻滚着，急速流淌起来。震耳欲聋的地鸣让人心惊胆战。

我仿佛听见了"悲哀"的悲歌，但我没法确定。就算是"悲哀"也无法承受火焰与雪崩的联手袭击。他的身影从地面上消失了。

我也被卷入了雪崩，等待我的命运将是落入冰层裂隙，和"悲哀"一样——但令人难以置信的是，被我情急之中插到雪里的来复枪顽强地支撑住了我的体重。

当来复枪终于承受不住，从雪里滑出来时，雪崩也停了。我的身体在雪面上松松垮垮地滑行了三四米后就停了下来。

真想就这样倒头大睡，我甚至连北极圈的酷寒都感觉不到了。

至今我也不知道究竟是什么支撑我站起来的。或许是为了品尝胜利感吧，虽然我根本没感觉到任何胜利的成就感。

火渐渐熄灭了，但冰层裂隙里还在不断地冒出滚滚黑烟——被地底的高温灼烧后，就算是"悲哀"也没有再次站起的希望了。

我赢了——但，真是这样吗？

　　事实上，我留在了原地，在等待的同时，发自内心地祈祷自己能从噩梦中醒来。我几乎确信自己会听到拍手的啪啪声，然后发现自己正躺在精神分析医生的长凳上。

　　但我并没有听到拍手的声音。非但如此，耳边的风声还更加猛烈了，明显是暴风雪的前兆。

　　"怎么会……"我呆呆地自言自语道，"这一切难道全都是现实吗？"

　　这个充满了模糊与暴力的世界难道真能存在于现实之中吗？不，更重要的，我听到的那些诸如"症状分析"之类的话语，难道真的只是幻听吗？

　　绝对不应该是这样的。

　　"症状分析吗……"我又轻声道。

　　……通过暗示让患者再现疾病症状基础所在的记忆。如果是以打击、心灵创伤、外伤等为主要原因而导致的神经症，症状分析可以带来十分显著的效果……

　　的确，我接受了好几个暗示。我认为自己听到的那个声音本身也已经清楚地发挥了暗示的作用，不是吗？照这样说，现在我会产生各种各样的疑虑，本身就是治疗的一环。

可是——

我苦笑起来。不管我现在身处的这个世界是否真实，这紧缠皮肤的酷寒毫无疑问是现实存在的。现在最紧要的事情是该考虑怎么才能活下去。

我摇摇晃晃地迈开步伐。雪地车没了，外套也失去了防寒作用。虽说连能不能走回卫兵的基地都是个大问题，但现在我也只能继续走下去了。

真正的噩梦或许才刚刚开始，我想。

II 病历分析 憎恶

オディウス

1

毘首是座沿海小城。

猛烈的阳光灼烧着碧蓝的印度洋,或许是因为在列车上摇摇晃晃了太长时间吧,这种蓝色对我造成的刺激似乎显得过于强烈。我刚下到火车站台,虽然只是短短一瞬间,但我还是感到有点儿眩晕。我放下行李箱,坐在椅子上面休息了一会儿。

大概是真累了吧。从加尔各答出发,三天两夜的强行军。虽然设法搞到了卧铺,但因为没能买上软卧,就一直在硬卧车厢里摇啊摇。而且虽说是卧铺,但其实只是一方勉强能躺平身体的空间而已，那铺位可完全不能被称作"床"。

会累也是当然的。光是想想我要在这座小城里完成的工作，疲劳上又平添一份重担。毕竟那是份既可怕又危险，而且还很肮脏的工作。

在这个贫穷的国家，就算是新德里那样的大城市，下到火车站台上的外国人都必须做好思想准备，因为他们会在眨眼间被一大群人团团围住。卖东西的小贩、拉客的三轮车夫、擦鞋的少年、乞丐……他们猛冲过来的势头大概能让胆子比较小的游客当场尖叫。

但是——在毘首却不是这样。老实说，火车站周边的疲惫旅行者本算是绝好的肥鸭，但此时没有任何人对我表现出半点儿兴趣。也不知是这个小城足够富裕，还是警察十分强势的缘故。

我闭着眼，眼睑内侧闪烁着红与蓝的光彩。

"你还好吗?"有人向我关心道，声音听起来非常平静。

我睁开眼睛。

一个青年正满脸担心地俯视着我。他和我从加尔各答开始就一直同行，他曾向我介绍他名叫钵罗诃罗陀。印度雅利安人的青年都很美貌,而钵罗诃罗陀还多了一分出类拔萃的聪明来。他本人自称是学法律的,但我感觉他看起来更像是个优秀的宗教学者。

当然,我们也不过是偶然在列车上铺位相邻,我可没兴趣探查他的出身来历。

"没事儿。"我别开脸,"只是有些累。"

"酒店已经定好了吗?"钵罗诃罗陀似乎对我额外关心,"要是还没有的话,需要我给你介绍几家吗?"

"酒店已经定好了。"我摇摇头。

对于别人展现的善意,我的态度可谓十分失礼。但基于某些原因,现在我必须警惕任何刻意接近自己的人,不管是谁都不例外。

"这样啊。"钵罗诃罗陀倒是没有生气,脸上的微笑也没有丝毫变化,"我有一种预感,我们还会见面。我也会在这里逗留一段时间……"

"……"

我冷漠地点点头。现在,我只满心期望他赶紧让我一个人待着。

"那么再会了……"钵罗诃罗陀正要离开,突然又像是想起什么似的回过头来,"你听说过'病历分析'吗?"

"……"

我愣住了。钵罗诃罗陀突然提到这种精神分析的专业术语,我完全猜不透他的目的。

"如何?"钵罗诃罗陀追问道,"听说过吗?"

"听说过。"我回答,"是神经症治疗法的一种……应该是将神经症患者的过去按照顺序重构之类的吧? 重构过去,这同时也是一种治疗。"

"没错。"钵罗诃罗陀点点头,"重构。"

"那么'病历分析'又怎么了?"

"记住这个词会比较好哦。"

钵罗诃罗陀脸上露出让人捉摸不定的笑容,接着就干脆利落地转身走掉了。

"……"

我看着钵罗诃罗陀快步离开的背影,很久都没有移开视线。钵罗诃罗陀那莫名其妙的态度当然令人在意,而"病历分析"这个词也伴随着奇妙的强烈余韵,留在了我的心中。

"病历分析……"

我默默念着，但这个词并没有让我回想起更多具体的内容来。

毘首是模仿法国南部地区建造的城市。平缓的丘陵上宽阔的道路纵横交织，像小盒子一样的白房子整齐地排列在一起。丘陵下就是印度洋，不停地朝毘首吹来令人窒息的热风。

印度洋呈现出鲜艳的玛瑙色，慵懒的海浪声让人莫名有种大脑放空的感觉。如果从海上眺望毘首，看起来估计就像是漂浮在海面上的海市蜃楼吧。毘首是座缺少变化、现实感极度稀薄的城市。

而毘首出现在大地上至今还未满一年，也是这个城市缺乏现实感的原因。从各个角度来说，毘首都是一座新城市——这里不使用印地语，毘首不承认本该是印度官方语言的印地语。这座城市使用的是英语和在其他地方没人当作母语使用的达罗毗荼语。

并且毘首还以一座城市的身份，向政府要求从印度分离出去获得独立。

毘首是个特立独行的城市，光看街上的行人就能明白。

这里既没有头上缠着白色特本①的锡克教徒，也没有马德拉斯②出身的鬈发大鼻子穆斯林，能代表印度的两个人种在这里完全见不到。走在路上的全都是拥有奇妙红色皮肤的人种，无法判断他们来自哪里。

毗首这座城市的名称其实也已经算是一种声明了。毗首的名字来自诸神的建筑家毗首羯磨③。传说中毗首羯磨建造了美得令人震撼的罗刹④之国——也就是说，这个城市的居民们信仰的不是诸神，而是罗刹。

关于毗首的人口数量，有人说是三万，有人说是五万，总之没有正式上报的准确数字。在加尔各答，有人将毗首称为"罗刹之城"。

我站在火车站前广场的铜像下面，因为这里是约定的见面地点。

————————

①特本（turban），是一种通常由男性穿戴的头巾，款式各异，常见于南亚、中亚、西亚、北非、东非等地。

②即金奈（Chennai），原名马德拉斯（Madras），是位于印度东南部的城市。

③是印度神话中的神祇之一，毗首羯磨为音译，意为"造一切者"，是诸神创造能力的人格化。

④是印度神话中一种常见的恶魔，据传原为印度土著民族名称，雅利安人征服印度后，变为恶人的代名词，并最终演变为恶鬼之意。

阳光强烈得几乎可以说是暴力，但因为空气干燥，感觉倒也不算很热。头顶上伸展的热带树木的枝叶在海风的吹拂下轻轻摇摆着。

铜像跟人等身大，长着十条长长的手臂。从那奇妙的头冠与狰狞的表情来看，这座铜像应该是仿造宇宙魔王①建成的。

宇宙魔王……这个名号让我生出一个一闪而过的想法。

"等等……"我不由得低声叫出来，"等一下。"

但是不管我等了多久，那道闪光也没有与现实的思考联系起来。到头来我也不知道究竟是什么引起了自己的注意，那道闪光也就这样被我忘却了。

突然，刺耳的喇叭声在我身边响起。

我回头一看，一辆绿色的吉普车像魔王一样出现在我眼前。我光顾着思考，甚至没有察觉到那辆吉普是何时靠近的。

"肖特先生？"坐在驾驶席上的女人对我打招呼。

"嗯……"我点点头。

---

①即指金床，是印度神话中的一个著名阿修罗王，骄傲蛮横，被毗湿奴大神消灭。

女人默默地打开了副驾一侧的门。我沉默不语地坐了进去。

吉普车飞快地启动了。

迎面吹来的风迅速地将我的汗水吹干,要是能连我的疲劳也一起带走,我就没什么怨言了。此外,我还需要洗个冷水澡,在不会摇晃的床上好好休息才行。

女人的美貌倒是值得细细品味。她有着轮廓清晰的面部,这在印度女性中很常见,但她还有着一种野性美。她那浅褐色的双眸中,绽放出一种挑逗的亮光。不管是骨感明晰的小脸,还是浅黑色的肌肤,都是我喜欢的类型。虽然她看起来还很年轻,但应该已经近三十了吧。

不过那个时候,比起观察女人,我觉得后视镜更为有趣——后视镜里映出了非常有意思的东西。

"'德塞森特'怎么样?"女人只主动和我说了一次话。

很纯正的英语。

"热得很。"我回答说,"和这里可不同,亚马孙的降雨量很大,非常热啊……"

吉普车大概行驶了十分钟,停在了一幢别致的三层建筑前。我预订的房间应该就在这家酒店。

"明天晚上我来接你。"女人说。

"哦……"我微笑起来,"马上就可以见到'憎恶(Odious)'了吗?"

"很遗憾……"女人摇摇头,"在那之前你要先见一下这里的警察局长鲍斯。"

"原来如此。"

我当然不可能有异议。"憎恶"是这个城市最为重要的人物。不管我有多么清白的身份,他们也不可能让一个素未谋面的人轻易就与他会面。也就是说,那在之前,会由那个叫鲍斯的警察局长来确认一下我到底是个怎样的人。

"我该怎么称呼你呢?"我一边从吉普车上卸下行李箱,一边问道。

"请叫我拉娜。"女人生硬地说。

"那么回头见,拉娜。"我愉快地说,"你应该已经发现,我们刚刚从车站出来就一直有辆雪佛兰跟在后面吧。"

"……"

拉娜脸色一变,慌慌张张地回头寻找。

"已经开走了啦。"我说,"是辆白色的雪佛兰。确认我在这里下车后,就不知道开到哪里去了。"

拉娜用严厉的目光狠狠瞪了我一眼,然后非常粗暴地发动了吉普车。

我短暂地目送吉普车远去之后,终于耸了耸肩,伸手提起行李箱。就连在酒店前台办理入住手续的时候,我脸上得意的笑容也一直没有消失。

2

　　我强行将呵欠憋了回去。空调单调的低鸣不停地逗弄着我的瞌睡虫。冷水澡让我的身体重新紧绷起来，再加上我还吃了一顿分量充足的饭……老实说，即使我就这么呼呼大睡过去，也不该有任何人对我发牢骚。然而遗憾的是，我常年来的习惯不允许我这么做。

　　在极度疲劳时，这习惯可真让人无奈。然而对于从事这份工作的人来说，遵守日常习惯也是长生的秘诀。进行破坏活动的工作①可不是怠惰的人干得来的。

---

　　①原文用的是日语汉字词汇"破坏工作员"，中文中无对应用词，故意译。后文"破坏活动特工"也是指这个。

我打开行李箱,取出所有衣服,然后打开了夹层的盖子。

我不禁弹了下舌头。我会累也是自作自受,因为我的行李箱简直就是个小型武器库。

我平时用得最顺手的枪是纳粹开发的瓦尔特改良型。要说瓦尔特的好处,那就是几乎不用担心哑火。它采用了在自动手枪里罕见的双动设计,这有效地防止了哑火发生。此外我一直偏爱瓦尔特的另一个原因就是它的安全性能出类拔萃。你可以将第一发子弹装在膛室里随身携带,而不用担心走火。至今为止,我还从未听说过瓦尔特引发过炸膛事故。

其实,如果是只带瓦尔特,我并不会产生任何不满。我甚至可以和瓦尔特一起睡觉。只不过——这次任务,局长命令我还得带上斯特林MK4冲锋枪。

这冲锋枪可不是闹着玩儿的,重量足有三点四千克,和不足八百克的瓦尔特简直不是一个等级的东西。气体反冲式机枪,射击速度高达每分钟五百五十发。身为专业的破坏活动特工,使用这种东西甚至会觉得害臊——但是要藏进行李箱的话,当然还是冲锋枪比较合适。枪身全长七十厘米出头,如果折叠枪托的话还能再短二十厘米,而枪管竟然只有十九点八厘米。

不过话说回来，那个被称作"憎恶"的人，真的强大到不使用这种武器就无法打败吗？

我决定从最顺手的瓦尔特开始拆解。必须要上足枪油才行。

保养枪支对我来说几乎已经化作了本能。在分解和组装枪支时，即使我再怎么心不在焉，也不会给手上工作带去任何影响。

我迷迷糊糊地反刍着这次的任务内容。

印度的人种构成极为复杂。现在印度使用的主要语言就有七十种，甚至还有一种说法是九十七种……印度要作为一个独立国家不断发展，过于多样化的语言就成了巨大的障碍。

印度的官方语言被定为印地语和英语，当然有相当数量的人都不赞同这个决定。他们不满的一大理由无非是印地语是雅利安语系的语言，而雅利安语系的语言主要用于印度北部地区，印度南部使用的语系则是完全不同的达罗毗荼语。

"对于印度而言，雅利安人算个什么东西？"反雅利安主义者们如此宣称，"他们才不是印度人，只不过是公元前移住到这片土地上的侵略者罢了。"

真要说到公元前，那大部分居住在这个世界上的人类全都应该算是侵略者的后裔了。但是南印度的居民会反感北印度人，倒也并非毫无根据。实际上，印度的历史总是以北印度为中心发展的。

在古代，讷尔默达河以南的高原地带被北印度的雅利安人称作德干。德干这个名字里包含着对落后的南印度的污蔑之意。因为在著名的《罗摩衍那》中，德干是恶魔达萨①与罗刹居住的土地。

而现代，毘首则诞生在这片土地上。

这座城市以修建了罗刹之都的建筑家命名，也是这片土地上的居民的"我们是德干人，我们与雅利安人不同，是罗刹之地的居民……"的意志体现。如此说来，安置在火车站前的金床铜像，也是将天界诸神都放逐过的、极具代表性的罗刹之一。

身为毘首统治者的男人自称为"憎恶"，大概也是为了表现反雅利安的立场吧。讽刺的是，"憎恶"似乎也被他人所憎

---

①达萨在印度古文集《梨俱吠陀》和考底利耶的《政事论》中，意指雅利安人之敌。达萨人被描述成扁鼻、无鼻、黑皮肤，可被认为是印度原住民。

恨,某个不愿意看到岜首继续存在下去的家伙……恐怕是和印度政府之间有着交易的跨国企业之一吧。不管是谁,这个家伙给我们的组织施压,所以局长才命令我去暗杀"憎恶"。

"你的身份是'德塞森特'的特工。"局长用一如既往的低沉声调说道。

"'德塞森特'?"我皱起眉头,"那是什么?"

"总部位于亚马孙的某个组织。目的是团结第四世界,连第三世界国家都无法加入他们。"

"……"

我以为局长在开玩笑。要真有这种组织的话,身为破坏活动特工的我怎么可能从来就没有听说过他们的名字呢——但局长是个毫无幽默感的人。他半张脸都被橡胶面具覆盖,甚至还戴着墨镜,根本无法从这张脸上察觉到他的真实意图。

"好吧。"我叹了口气,"我是那个什么'德塞森特'的特工。那么准备工作都做到哪一步了?"

"有情报表明'憎恶'很快就会和'德塞森特'的特工接触。"局长说,"所以你要去顶替掉那个特工。事前准备工作全部由我安排。"

"然后就是杀掉'憎恶',对吧?"我点点头,"行,很简单的工作。我干了。"

"没错。"局长也点点头,"非常简单的工作。"

非常简单的工作……局长那令人厌恶的声音在脑海里响起的同时,枪的保养工作也全部完成了。我将瓦尔特和冲锋枪再次放回行李箱,然后直接爬上了床。

就在我快要睡着时,钵罗诃罗陀的脸浮现在了眼睑内侧。病历分析……? 病历分析究竟怎么了?

我不是那种不擅长消磨时间的人。实际上就算整整一星期都只能眺望印度洋打发时间,我也绝对不会感到乏味。

况且这整整一天,我还能充分享受毗首这座城市。

毗首是个不可思议的城市。在印度,不管哪里都充满了活力,但这个城市却缺乏这种活力。取而代之的是一种令人昏昏欲睡的倦怠气息支配着整座城市。

毗首位于丘陵地带,因此理所当然有很多上下坡。坡道反射着雪白的阳光,整个毗首都被热气所覆盖。热气让整个城市看起来就像是在半空中摇晃——路上行人也极少,让这个城市显得更像非现实的产物。甚至让人有一种错觉,仿佛抬头看一眼蓝天再拉回视线的话,整座城市会在不知不觉间消失无踪。

这里既听不到人们的笑声、喧哗声,也没有汽车的鸣笛声。耳边只有印度洋的海浪声。

我打算去海滩看看,在下坡的路上遇上了一头白牛。白牛的眼神十分寂寞。它一边悲伤地摇着头,一边缓慢地朝着坡上走。

我抵达了海滩。

海滩被洁白的细沙所覆盖。我要是再年轻一点儿的话,估计会脱掉鞋在上面光脚行走。在这片海滩上,肯定不用担心踩到啤酒瓶的碎片而划伤脚。

热带树木巨大的叶片在海滩四处投下阴影。每当有风拂过,影子就缓慢地晃动起来。

天空映着大海,大海映着天空,但某种意义上,两者浑然一体,整个视野都被蓝色所覆盖。此情此景,让人不禁强烈地意识到自己的渺小。

天空中一朵云都没有,唯有热气依旧拥有强烈的存在感。四处皆是浓密的热气，甚至让人觉得一把黄油刀就能将其切开。

我突然停下了脚步。

我看到一个男人正独自坐在岸边。他半裸着，只有腰间裹着布料。海浪来回冲洗着他的脚。

那是钵罗诃罗陀。

我盯着他看了一会儿。他似乎没有察觉我的到来，正沉浸在自己的世界中祈祷着。

我转身就走。现在我不想见到任何人，特别是钵罗诃罗陀。

当天晚上，拉娜依照约定到酒店来接我。和昨天一样，她开着吉普车。

"去警察局吗？"我问。

"不。"拉娜摇摇头，"局长让我带你去他家。"

认真想来，其实这有些奇怪。"憎恶"运动的目的是让毗首从印度独立，说起来，这也算是反体制运动的一种，而警察局长竟然亲自参与到这个反体制运动里来——简直就像是世界

反转了一样。到现在我才终于感受到这座城市的居民有多么
热衷于毗首的独立。或许有这种可能,他虽然是警察局长,却
不是由政府任命的,而是私设的。

毗首是座小城市,开车去哪儿都用不了二十分钟。

"到了。"拉娜停下吉普车说。

这幢豪宅完全不像是小城市警察局长能住上的地方,看
起来像是模仿了殖民地时代外国人洋楼的风格,白色的墙壁
十分显眼,算是非常有大时代风格的西洋建筑,红色的屋顶和
两翼的山墙窗也相当张扬,让人看了直打退堂鼓。

警察局长鲍斯是个肥胖的中年男人,脸上那细细的八字
胡显得十分相称。他性格开朗,多嘴多舌,让人怀疑他是否真
的适合担任警察局长。"都谈妥了"好像是他的口头禅。

"都谈妥了。"鲍斯说,"'憎恶'也很期待与你见面。"

"是吗? 但感觉上你们似乎不太信任我的样子啊。"我的
语气中自然带有一丝讥讽,"在与'憎恶'见面之前,还需要警
察局长来确认我是个什么样的人。"

"怎么会呢?"鲍斯非常做作地瞪圆了眼睛,"这完全是误
会。都谈妥了。这么说可能有点儿冒犯,但今天晚上请你来

完全是出于我自身的兴趣。毕竟能见到'德塞森特'的人,这种机会可不多。"

"'憎恶'是个怎样的人呢?"我打断了鲍斯的喋喋不休。

如果让话题涉及"德塞森特",我的真实身份怕是很快就会曝光。

"这个嘛。"鲍斯将身体深深陷入椅子,闭上眼睛,"你喜欢神话吗?"

"神话?"

"在神话中登场的诸多角色,预言家、魔术师、领袖、死者的引路人……可以说,'憎恶'就是这样的存在。"

"我不太明白你的意思……"

"是我的表达方式有问题。"鲍斯叹了口气,"这是我的坏习惯,说话内容总是颠三倒四的。我也不知道要怎么才能说清楚……对了,你知道荣格心理学里所谓的'神力人格'吗?"

"不……"我摇摇头。

又是心理学。

钵罗诃罗陀也好,鲍斯也好,为什么每个人都这么热衷于心理学啊? 难道说心理学是今年的流行趋势?

　　"'神力人格'是非常强烈的无意识形象。荣格是怎么解释的来着？对对，是'拥有不可测量的影响力和作用力的东西'。对于人类而言，能意识到自己内部存在的'神力人格'之际，就意味着男性从父亲、女性从母亲那里得到了解放……如果错误地处理'神力人格'，则会因为其强大的影响力而陷入非常夸张的妄想之中。将查拉图斯特拉和自己看作同一人的尼采，可以说就是一个非常好的例子。"

　　"你是说'憎恶'就是那个'神力人格'吗?"我问。

　　"没错。"鲍斯点点头，"'憎恶'对于我们而言就是'神力人格'本身，是伟大的父亲。"

　　"……"

　　我认为鲍斯的话不过是无聊的胡言乱语。简而言之，他就是想说明"憎恶"拥有教祖般的魅力。这种人是拥有激进思想的团体领袖中经常见到的类型。

　　我将话题朝着具体的方向引导：究竟什么时候在哪里可以见到"憎恶"? 最后，会见"憎恶"的时间定在了明天下午。跟之前一样，拉娜会到酒店来接我。

　　已经没鲍斯什么事了。我向他道谢后就准备离开。

"拉娜似乎对你很有好感呢。"离别之际,鲍斯笑嘻嘻地低声对我说,"你要有意思的话,今晚不如享乐一番?都谈妥了。"

我离开了鲍斯家。

吉普车依旧停在我下车的地方,没有移动分毫。看起来拉娜一直在车里看书,等着我回来。

视野边缘有什么一闪而过。我反射性地用力一蹬地。

"不许动!"

不知道是被我的吆喝吓到,还是早就察觉到我右手里的瓦尔特,躲在热带树阴影中正准备跳出来的那个家伙立马就停下了脚步。

我举着瓦尔特,缓慢地逼近那个人。视野的角落里,受惊的拉娜从吉普车里探出了半个身子。

那家伙是个还很年轻的男人。面容属于亚裔,一眼就能看出不是这个国家的人。至于他的职业,倒是没有必要专门询问。虽然他行事毛毛躁躁,却和我拥有同样的气息。

"我不是可疑的人。"男人紧张得声音都有些沙哑了,"虽然和你不是同一组织的……但我们的目的完全相同。我是被派来说服你的。"

我飞快地瞟了拉娜一眼。距离足够远,她应该听不到我们之间的对话。

"所以你从昨天开始就一直跟踪我?"我问。

"对。"男人松了一口气般地笑笑,"并不是打算妨碍你。"

"……"

我叹了一口气。很遗憾,这个男人还太欠缺经验,不足以跟踪我。更遗憾的是,他今后再也没有机会积累更多工作经验了。

我慢慢将瓦尔特塞回了腋下的枪套——并用同一只手拔出刀子朝男人的喉咙直线挥过去。

我早就熟悉了这样的工作。男人大概连究竟发生了什么都没有反应过来吧。他的喉咙喷出了大量鲜血,然后他就全身僵硬地栽倒在地。

不用确认,肯定是当场死亡。

背后传来一阵踉踉跄跄的脚步声。我静静回过头,看到了脸色苍白的拉娜。

　　"是政府派来的间谍。"我用无比沉郁的声音说道,"我也不想这么做……但如果我不杀他,被杀的就是我了。"

3

　　我的任务是杀死"憎恶"。为了达成目的,我就必须获取"憎恶"的支持者拉娜和鲍斯的信赖。我不知道"憎恶"在哪儿,光凭自己的力量找到他的所在也非常困难。

　　被我杀掉的那个男人的目的也是暗杀"憎恶",真要说起来,其实应该算是同志。但就算如此,考虑到他那糟糕的跟踪能力,对我来说,估计也不可能成为可靠的盟友。他死掉之后我的工作能进行得更顺利,对于他来说大概也算是一种安慰吧。事实上也是如此,在亲眼看到我杀死了政府的间谍后,拉娜对我的信赖已经变得牢不可破了。

再说了，我也不喜欢和人合作。

死了一个人后，毘首的空气仿佛也随之升温。苍蝇立刻就嗅到了臭味，正欢天喜地地舔着男人的血浆——这是我抵达毘首后头一次感觉这种炎热令人难以忍受。

不过拉娜从震惊中恢复的速度却很快。

"吉普车的钥匙先借给你，你自己回酒店去。"拉娜急切地说。

"你要怎么办？"

"处理尸体。"

"你一个人办不到的。"

"没关系。"拉娜甚至试图挤出一丝微笑，"让鲍斯帮帮忙就好。"

这也是我的目的之一。如果连警察局长都站在了我这边，那么杀人也就算不上危险度特别高的工作了。而就算是鲍斯，听说身为警察局长的自己的家门前发生了凶杀案，大概也不得不感到慌张吧。

我没必要行动。处理尸体的活儿交给鲍斯他们就好。

"那么你小心点儿。"拉娜把钥匙递给我。

我还没有傻到让这个机会溜走，于是，我紧紧地握住了拉娜的手。

"之后能不能到我房间来呢？"

虽然不能说我的耳语会对所有女性产生魅惑力，但对现在的拉娜应该是有效的——拉娜没有做出任何回应，只是静静地抽出了手。也就是说她没有拒绝我的邀请。我相信拉娜之后会来的。

"那么回头见……"我朝着吉普车慢慢走去。

虽然十分罕见，但是我失去了平常心。明明这桩杀人案应该立刻就被抛到脑后才对，但在回到酒店之后，我的胸口却开始越收越紧。

就算我是破坏活动特工，这也并不代表我喜欢杀人。特别是这种不在计划内的杀人，会让破坏活动特工的精神陷入明显的不稳定状态。因为意料之外的杀人通常意味着实际与计划出现了偏差。

明天应该能见到"憎恶"吧。只要能见到目标，那么我就有自信不管发生什么都能完成任务。明天应该就能离开毘首了。只不过杀了一个小丑般的男人，我根本没必要为这种事情烦恼……

但是我却难以释然。如果我是个极度迷信的人，那么应该将此刻的心境形容为"产生了一种不祥的预感"才对。

对于第二天有工作的破坏活动特工而言，这是不应有的行为，但我还是让前台把酒和冰送到了房间里。我安慰自己说这是为拉娜的到来而做的准备，但事实上，不过只是为了掩饰自己的不安而已。

你到底在焦躁些什么？我自问道。突然间，毫无关联地，我的脑海中出现了跪在海岸边的钵罗诃罗陀的身影。为何我会突然想起那个不值一提的年轻人来呢……

我听到了一阵轻悄悄的敲门声，显得有些沉闷。根本不用开门，我就明白来访者到底是谁了。

"请进。"

我甚至没有从椅子上站起身来的意思。

门开了，拉娜走进了房间。我看到她在身后锁上了门。

"把灯关掉。"拉娜用颤抖的声音说。

也就是说不需要多说话。目睹杀人的体验似乎在拉娜心中唤起了强烈的情感。现在的她对处于死亡对立面的东西——也就是性——充满了激烈的欲望。

我从椅子上站起身来,缓慢地横跨过房间,将手指放在了电灯开关上。实际上,我自己也感觉到莫名的疑惑。在工作的前一天晚上我不但喝酒,竟然还打算玩女人。身为破坏活动特工,这种行为简直太出格了。为什么我会邀请拉娜到房间里来?连我自己都觉得不可理喻……

但当我关掉顶灯,回过身时,这种疑惑已经消失得干干净净——拉娜已经脱光了衣服。在床头灯昏暗的光线中,拉娜的裸体看起来就像是深海鱼一样散发着磷光。在那几近完美的曲线中,只有下腹部的阴影像是不同种类的生物一样呼吸着。

压倒性的欲望充盈着我的身体。我飞快地脱掉衣服,躺到了床上。拉娜几乎是滑动着钻到了我的身旁。

进入正题前的前戏基本是草草完成。我一心只想着进入女人的身体,而拉娜则单纯地希望被男人贯穿。我俩就像是刚刚接触性爱的男女一样,只管急着完成行为。我们的动作是如此生硬,就好像被谁操纵着一样。

那时候的我甚至没有时间和精力对自己的不中用感到惊讶。我进入了拉娜的身体。拉娜呻吟着，像是要确认男方一样睁开了眼睛。然后她的眼中浮现出不合时宜的异样表情。

真是有如噩梦般的几秒钟。拉娜的表情急速地从惊讶变为害怕。这使我产生了一种奇妙的错觉，仿佛自己正变成怪物。

"狮子……"拉娜低声说。

"……"

我们互相死死地凝视着对方。她所谓的狮子究竟是什么意思，我当然无法理解，只知道有非常可怕的异常事物正袭向拉娜。

"你长着狮子的脸。"

突然，拉娜扯着喉咙叫了起来。那是女人在遭遇怪物时会发出的尖叫。与此同时，一道锋利的灼热感划过我的脸颊。

"呜……"

我从拉娜的身上跳起，滚落到了床下。即使不用手去确认，我也知道自己的脸被割伤了。这时候我才终于看清，拉娜的手里捏着放在床头柜上的水果刀。她像是疯了一样挥舞着水果刀，二话不说就朝我逼来。

过度的惊愕使得我的身体失去了平时的机敏。拉娜手中挥舞的刀子竟然连续在我的胸口上划过两次。

"你疯了吗?"我大叫起来。

然而,当想要让狂暴的女人镇静下来时,男人的话语实在是过于苍白无力。拉娜挥刀子的速度变得更快了,我只好进行反击。

我朝着侧面一跳,逃到了床对面。这是为了拉开和拉娜之间的距离。拉娜连续不断的攻击终于出现了一丝停顿。她跳到床上,试图继续用刀刺我。要是我将电话砸向她的动作再晚一秒钟,估计就让她得逞了。

电话正中拉娜的面庞,发出了令人厌恶的声响。拉娜脚下失去了平衡,轰然倒在床上。但是不管怎样剧烈的痛苦都没有削弱她的杀意。她撑起上半身,将水果刀高高举过头顶。她露出扭曲的表情,就像被什么附身了一样,同时她的额头上喷出了鲜血。

只能杀死她了。

一旦下定决心,我行动起来就很迅速了。毕竟杀人是我的专业。几乎已经化作本能的杀意驱动着我的身体。

在闪避刺过来的刀子的同时，我将电话线从墙壁里扯了出来。电话线就像是拥有自己的意志一样，在空中扭动着，缠住了拉娜的脖子。

我用全身的体重将拉娜压在了床上。之后只要在握着电话线的手上施加力道就可以了。拉娜呻吟着，拼命挥舞着刀子。但这不过是徒劳。破坏活动特工一旦决心杀人，就没有任何人能够阻止。在我的眼中，刀子的光芒仿佛象征着正要被我了结性命的拉娜。

过了好一阵子，我才终于放开了拉娜的身体。冲动后的虚脱感此刻终于开始笼罩我的身体。不管怎么说，一晚连杀两人实在是有些过了。就算是铁做的发条，要是施加超过弹性限度的力量，也是会被猛然折断的。

"你长着狮子的脸……"拉娜的叫声在我耳边回响着。为了确认这句话的含义，我摇摇晃晃地朝着浴室走去。

浴室镜子里映出的脸看起来没有任何异常，还是那张透出些粗俗、略带冷淡的中年男人的脸。拉娜究竟在这张脸的什么地方看到了狮子？

拥有狮子面庞的男人……一种撕裂大脑般的剧痛突然传

来。我映在镜子里的表情因惊愕而显得涣散,世界在一瞬间失去了最后一丝理性。

我不知在何时化作了印度古代神话里的人物。

不是别的,就是罗刹金床的神话里的人物。

在几乎令我麻痹的恐惧中,我回想起了金床的神话——

金床是个非常强大的魔王,拥有能从帝释天那里夺取王位的实力。但就算是这样强大的存在也有自己的烦恼——他的亲生儿子信什么不好,偏偏要崇拜魔王的宿敌光明神①。金床不由得大发雷霆,为了让儿子改变信仰甚至不惜严刑拷打他。但一切都是徒劳,他的儿子坚决不肯改变信仰。金床不由得对儿子破口大骂,也用污言秽语咒骂了光明神。就在这时,长着狮面的光明神突然出现在他的面前,将金床的身体撕成了碎片……

上述就是金床的神话。如果只有拥有狮子面孔这一点雷同,哪怕是我也绝对不会认为神话和现实重合在了一起。不管拉娜看到了什么,反正我镜子里的脸压根儿跟狮子没有丝毫相似之处。

---

①即指毗湿奴,印度教三相神之一,是"维护"之神,被视为众生的保护之神,曾化作"人狮"(半人半狮的怪物)。

但金床儿子的名字才是问题所在。金床的儿子名叫钵罗诃罗陀……这毫逻辑可言的事实让我的脑髓发出了悲鸣。我被分配的是光明神的角色吗？这样一来……我要杀掉的"憎恶"的本名则是……

现在可没时间让我继续愣神。门外开始骚动起来，明显是酒店的人听到了我们打斗的声响。

我开始慌乱地穿衣服。现在我可不能在这里被当作杀人犯逮捕。杀死"憎恶"的任务依旧有效。不管情况怎样变化，我多年来一直身为破坏活动特工的本能是不会轻易消失。

要打败"憎恶"，大概只能是今晚了。等到明天警察对我下了通缉令，肯定连上街都会变得极其困难——不祥的预感果然实现了。我必须在如此紧迫且极端不利的状况下寻找与"憎恶"决一死战的机会。

在我终于穿好了衣服，准备伸手拿行李箱的时候，我听到扭动门锁的声音。有人试图用万能钥匙打开房门。

"敢进屋里来我就开枪！"我叫道。

正要被推开的门又咚的一声关上了。这里员工的薪水大概还不足以让他们铤而走险进入老虎笼子。

我将面朝后院的落地窗完全打开,然后——纵身跃进了更为狂乱的黑夜之中。

4

黑暗中弥漫着花香。南国鲜花浓烈馥郁的香气让我近乎产生了一种类似痛苦的酩酊感。也许是因为视野完全被黑暗所覆盖，嗅觉变得更敏感了。

我缓慢地爬进鲍斯家的后院。我匍匐在地上一点点地前进，甚至都没有打断虫鸣。毕竟是潜入警察局长的家里，这么戒备也是理所当然的。

突然，淡淡的光亮让后院显露出层次不一的阴影来。我的身体顿时像雕塑一样僵住了，我甚至怀疑自己的肺也跟着冻结了。但我似乎并没有被发现，而只是鲍斯家二楼的房间点亮了灯。

我凝视了那个房间片刻。现在已经凌晨两点过了，可不是警察局长这种有着正经职业的人还醒着的时间。我只能猜测是有紧急电话打了进来。

我再次开始匍匐前进。我必须赶紧潜入鲍斯家才行。因为我知道那通电话的内容是什么。

爬上鲍斯家二楼倒不是什么难事。只要破坏活动特工愿意，当小偷大概也能赚到不菲的收入。我藏在露台的阴影里，偷瞄亮着灯的房间。

房间里有两个人。一个是鲍斯，另一人则是……我感到自己脸部的肌肉都僵住了。另一人竟然是钵罗诃罗陀！

我惊讶于这完全出乎意料的人物，一时间竟暂停了思考。钵罗诃罗陀并没有在和鲍斯交谈。他的身体深深地埋在椅子里，脸上还沾着斑斑血迹。那很明显是拷问留下的痕迹。

钵罗诃罗陀遭到了严刑拷打……神话和现实进一步重合了。我的理性已经无法接受这个世界。要去追求合理的解释根本无济于事，只有不断地行动下去，才能让我勉强不陷入疯狂。

　　我用瓦尔特的枪托砸碎了玻璃。当鲍斯转过头来时,我已经右手举起了瓦尔特,然后用左手解除了保险。

　　看到我进入房间,鲍斯脸上的快活神情一扫而光。这是我头一次在鲍斯身上看到了一点儿警察局长应有的素质。他虽然害怕,却没有丝毫慌乱——而钵罗诃罗陀似乎根本没有意识到我的出现。看起来他经受了相当残酷且漫长的拷问。

　　"这么过分的事情你也做得出来。"我把枪口对准了鲍斯。

　　"动手拷问的人又不是我。"鲍斯的表情毫无变化,"我只不过是收留了这个年轻人。要说过分,是你才对吧。拉娜那么美的姑娘你也下得了手……"

　　"消息很灵通嘛。"

　　"刚刚才接到的电话。为什么要杀拉娜?"

　　"是拉娜先袭击我的。"

　　"所以我才问你为什么啊。"

　　"……"

　　我欲言又止,但又只能如此,因为事情的确太蹊跷了。

　　"回答不了吗?"

　　鲍斯的声音突然变得严厉起来。不愧是警察局长,就算面对着瓦尔特的枪口,也丝毫不落下风。

"拉娜好像认为我长着狮子的脸……"

"狮子……"鲍斯一下愣住了。

"我不认为你会相信。"我苦笑道。

"……"

鲍斯原本准备站起来,但又重新坐回了椅子里。他的眼睛周围挤出了深深的皱纹,看起来就像是急速衰老了一样。

"你是为了见'憎恶'才潜入我家的吧。"终于,鲍斯近乎自言自语般地说。

"没错。"我点点头。

"当然,你也根本就不是'德塞森特'的人。"鲍斯慢慢抬起头,"你是被派来杀'憎恶'的。"

"……"

鲍斯的话并没有让我吃惊。"憎恶"是重要人物。而一个人拿着枪要求见"憎恶",换谁都能猜到他的意图吧。

"你知道这个人叫什么名字吗?"鲍斯朝受到了拷问、满脸是血的青年抬了抬下巴。

"钵罗诃罗陀……"我回答。

"没错。"鲍斯点点头,"他叫钵罗诃罗陀,自幼就师从于'憎恶',原本是应该成为其后继者的。但他却突然改变信仰,信了光明神,并从'憎恶'面前消失了。这是在'憎恶'建设毘首之前的事情了……

"后来钵罗诃罗陀来到毘首,是为了让崇拜罗刹的毘首人民改变信仰。'憎恶'当然十分震怒。'憎恶'利用人类拷问了钵罗诃罗陀。然后现在,出现了一个长着狮子面孔的男人要杀'憎恶'……"

我沉默了。鲍斯也发觉现实和金床传说的相似之处了。不,现在的我可没信心断言这个世界是现实。

"我是无神论者。"鲍斯微笑起来,"之所以决心搬到这个城市来,也不是因为信仰,而是感觉到了这种意识形态的魅力。不要看我这样,我其实是相当激进的反雅利安主义者呢。但事情变成这样……"

鲍斯含糊其词起来。看来他和我一样,也成了个极端的怀疑论者。那个纵贯历史的根本性的怀疑,此刻正噬咬着鲍斯以及我的胸口。

我真的存在吗?

　　我将瓦尔特的枪口从鲍斯胸前移开了。从某种角度而言,鲍斯和我应该算是同胞才对。

　　"你怎么想?"我问,"有什么合理的解释能说明这些吗?"

　　"难道不是梦吗?"鲍斯立刻答道。

　　"梦?"

　　"没错。梦是不讲逻辑的。"

　　"你想说这是谁的梦?"我的声音嘶哑了,"你的还是我的?"

　　"也许是他的梦。"鲍斯再次冲着钵罗诃罗陀抬了抬下巴。

　　我们之间的对话是如此地脱离现实,甚至让我觉得想吐。简直就像是精神病患者之间的对话。但是——当世界不再牢不可破的时候,还有多少人类能正常进行交谈呢?

　　"也许金床神话本身就是梦。"鲍斯神情恍惚地继续说道,"荣格的著作里有一段我记得很清楚——'我们不是在做梦,而是被梦见。我们的身体接受了梦,也就是说我们是客体。'……如何? 相当有暗示性吧。就是说梦与我们的意识并不相关,梦只是访问者。梦会随心所欲地不断变化,在抵达新的层面之前会一直重复。"

"所以说我们是在不断重复金床的神话吗?"我本想对鲍斯的话付之一笑,但似乎并没有成功。

"没错。"鲍斯点点头,"在完美的金床神话出现之前,这个梦会不停地重复下去。"

"钵罗诃罗陀之前曾这样问过我——"我的声音有些颤抖起来,"'你听说过病历分析吗?'……"

"病历分析……"鲍斯的眼中闪着疯狂的光芒,"原来如此,还可以这么想啊。我们中的一个正在接受神经症的治疗,正被重构过去的经历,所以……"

"能别说了吗。"

"对于我们两人中的一人而言,金床神话一定是非常重要的心理创伤。为了治疗这人的神经症,通过不断地重复金床神话……"

"住口!"我怒吼道。

"……"

鲍斯沉默了。他并不是被我的大吼给吓到,而是敏锐地察觉到我再次将瓦尔特的枪口对准了他。

"我才不管这是梦还是神经症患者的妄想。"我终于压下了怒火，"我是一个拥有肉体的人类，这是毋庸置疑的事实。"

"真是这样吗？"鲍斯的表情变得极为忧伤，"我刚才突然才意识到，自己的过去模糊不清。"

"……"

自己的存在感在一瞬间突然变得极为稀薄。我也和鲍斯一样。我一直相信自己是某个组织为了暗杀"憎恶"而派遣的破坏活动特工。可我却完全不知道那个组织是什么性质，又属于哪个部门。不仅如此，我也完全不记得自己究竟在哪个国家出生，父母又是怎样的人。

我是谁？

这种感觉就像是突然被人丢进了真空中。再怎么勇敢的人也很难承受住这种打击吧。我深深地吸了一口气，又慢慢地将这口气吐出来。

"能让我见'憎恶'吗？"

鲍斯看起来吓了一跳。

"你还打算打倒'憎恶'吗？"

"大概是种强迫症吧。"我苦涩地笑起来，"而且与'憎恶'战斗好像是这个世界赋予我的角色目的。"

"还是住手吧。"鲍斯摇摇头,"那不是人类可以战胜的对手。"

"你什么意思?"

"就是说'憎恶'不是人类。"

"不是人类?"

"我不能说更多了。"鲍斯凝视着我,"如何? 就算这样你也还是打算与'憎恶'战斗吗?"

不战不行。

"我要结束这一切……"我说,"我要终结这场荒唐的噩梦。不管是我打倒'憎恶',还是我被'憎恶'杀死……不管是哪种结局,这场噩梦应该都会终结。毕竟这场梦单纯就是为了这个目的而准备的。"

"……"

鲍斯慢慢地站起来。他的太阳穴在不停地抽动。

"那我就带你们去'憎恶'所在的地方吧。"鲍斯虚弱地说,"你们两人一起。"

"两人?"

"对。"鲍斯瞟了一眼钵罗诃罗陀,"既然故事要落幕,那演员不到齐可不行……"

黎明将近。

但海岸依旧被黑暗笼罩。大海如同一张血盆大口,黑乎乎的让人看不到尽头。

黑暗中浮现出白色的岩山。不算特别高,但是不规则的岩面却十分陡峭,如果想爬上去的话,需要迂回很远的距离才行——岩山的形状像是合掌的两只手。

山上只长着老朽的香蕉树,在南印度这种植物茂密的地方十分罕见。大部分岩石都裸露在外,使得这座岩山拥有一种特异的景象。

鲍斯将吉普车停在岩山脚下,用力摁响了喇叭。

就像是呼应汽车的鸣笛声,岩山也骚动起来。猴子发出尖啸,鸟儿扑腾翅膀——狂乱的骚动持续了很久,让人不由得疑惑这样贫瘠的岩山上怎么能藏有这么多生物。

"下车了。"鲍斯说。

看来这座岩山就是终点了。我拿起行李箱,从吉普车上跳了下来——钵罗诃罗陀依旧处于昏迷之中。看来他的头部被殴打得不轻。

"'憎恶'就在这里吗?"我问。

"不……"鲍斯一边从吉普上下来，一边模棱两可地摇摇头，"也不能这么说……"

我估计就算继续问下去，鲍斯也不会老实回答我。待到时机成熟，一切都会真相大白的。总而言之，我们需要在这里等什么人来。

鲍斯没有关掉吉普车的引擎，大概是考虑到需要用车灯来照明吧。天上没有月亮——仅靠着车灯的光亮也实在很难组装冲锋枪，毕竟这是精细活儿。如果放在平时，为了避免手被枪油弄脏，我应该会选择用瓦尔特解决问题。

但罕见的是，这次的敌人让我感到了胆怯。可以说冲锋枪都不够，我甚至想要一架巴祖卡火箭筒。

我专心致志地检查着冲锋枪，可以说是过分专注了。

"就是这个男人长着狮子的脸吗？"

突然，从头上传来人声。

我慌乱地从吉普车旁边跳着退开。没有比这更狼狈不堪的模样了吧。身为一个正准备去战斗的人，我竟然没有发觉他人靠近。这样的人也配被叫作战士？简直比一般人还糟糕。

　　我的眼前站着一排老人。一共五名老人,都只在腰间卷了布,剃了僧侣头。极端的身体特征给人留下完全相同的印象。五个老人都极度瘦削,一下子让人分辨不出谁是谁来。此外五个人也拥有同样异常锐利的目光。

　　"五个人吗……?"我低声道,"原来如此,金床的确有十条手臂来着。"

　　"不是。"鲍斯摇摇头,"他们不是'憎恶',至少不是你应该打倒的那个'憎恶'。"

　　"什么意思?"

　　鲍斯却不打算回答我的问题。他朝五位老人飞快地说明着什么。说的应该是达罗毗荼语,他们的对话我一个字都听不懂。

　　"都谈妥了。"过了一会儿,鲍斯回过头来对我说道。

　　"什么意思?"我又重复了一遍刚才的疑问。

　　"钵罗诃罗陀曾是他们的弟子。"鲍斯的声音满是疲惫,"他们信仰罗刹,同时也是反雅利安主义的旗手。就是他们命令我的部下拷问了回到毘首的钵罗诃罗陀……"

　　"既然如此,他们果然就是'憎恶',不是吗?"

"不对。"鲍斯微笑起来,"'憎恶'另有其人,是他们制造的机器人。"

"机器人……"

"没错。是非常精巧的机器人……用英语怎么说来着?对对,是用psychokinesis(念力)驱动的。就是以对印度教和雅利安人的憎恶为根基的念力。"

这是什么糟糕的玩笑。现在我可没心情听这种胡说八道。

"少胡说了。"我的声音也自然变得不耐烦起来,"你会相信这种蠢话?!"

"相信又怎么了?"鲍斯说,"其实我也从没见过'憎恶',甚至还怀疑其是否真实存在。但是现在我却觉得可以相信'憎恶'的存在。"

"人类怎么可能制造出那么精巧的机器人?首先,靠念力驱动什么的,连骗小孩儿都不够。"

"你忘了吗?"鲍斯突然压低了声音,耳语般地说道,"这个世界已经偏离了常轨,任何事情都可能发生在这个世界上。就算看起来再疯狂,但只要在这个世界里说得通,就一切皆有可能。"

"……"

我一下词穷了。的确,如果是在这个强迫人们不断重复神话的世界里,别说是用念力驱动的机器人,哪怕有龙也不是什么奇怪的事情。

"如果你长着狮子的面孔,就有资格与'憎恶'一战。"

突然,一个老人用英语这么说道。最开始对我说话的好像也是他。

"我们这就呼唤'憎恶'前来。"

五位老人一齐转过身,排成一列,默默地朝着岩山迈开了步伐。

"祝你好运。"

鲍斯将钵罗诃罗陀从吉普车上拖了下来,用肩膀支撑起他的体重,然后慢慢跟着老人也走远了。

只有我留在了原地——

只有思考能力已经一滴不剩的我留在了原地。与机器人战斗?我无论如何都无法相信,自己竟然不得不去接受这个事实。究竟得是怎样的人才要经历如此奇怪的战斗啊?

　　我应该继续完成手边的事情，什么都别想。过剩的思考只会招致失去斗志的结果——于是我再次埋头于检查冲锋枪的工作。

　　差不多也该是天亮的时候了，夜晚的黑暗虽然变浅了几分，但完全看不到任何日出的征兆，连一丝曙光的迹象都没有——也许是飑①正在逼近。

　　但是逼近的不仅仅是飑。我预感到了那家伙正朝我逼近，全身的细胞都剧烈地颤抖起来。

　　我慢慢地抬起头。

　　在黑暗的海岸边，可以看到一个更加黑暗的小人。那人迈着稳健的步伐，正朝着我走来。

　　我终于见到了"憎恶"。

---

　　①是一种天气现象，在强冷锋前或积雨云前沿所出现的狭窄的强风带。在其过境时，风速突增，风向突变，气象要素急骤变化，常伴有阵性降水。

5

"憎恶"的身高超过两米。就魔王金床而言,应该说意外地有些矮小。

与其说"憎恶"是金床,不如说是依照童护①的模样制造的。实际上,金床的那十条手臂,就算是做成机器人的也一定很难控制。而童护只有四条手臂和三只眼睛,如此一来,既可以增加攻击力,又不至于阻碍机器人的动作。

在神话层面上,金床和童护倒是没有太大的差别。反正他们都是魔王的眷族,罗刹罗波那②的化身。

①印度神话里的人物,车底国的国王。
②印度神话中罗刹一族的王。

　　四条手臂与三只眼……想来我看到的本应该是个奇形怪状的怪物才对，但"憎恶"的身形却十分匀称，甚至有种美在里面。散发着钝光的黑色肌肤几乎让人看得入迷。就算是在黑夜之中，"憎恶"的身体看起来也像是在发光一般。

　　特别应该着重描述的则是"憎恶"的脸庞。那张脸上镌刻着对无理事物的强烈愤怒。那是不带有任何杂质、完全由纯粹的愤怒凝结而成的憎恨。那种憎恨甚至已经不需要对象了。就算是烧光世界上的一切也无法平息那种憎恨——"憎恶"正是这种感情的具现者。

　　我必须把"憎恶"引到足够近的距离来才行，否则瓦尔特的子弹恐怕无法贯穿"憎恶"坚实的胸膛。一上来就用冲锋枪可不是我的风格——我将冲锋枪挂在肩膀上，两只手一齐向前举起了瓦尔特。

　　突然间，我心中掠过了一种难以名状的想法——

　　以前也发生过完全相同的事……

　　也许这只是紧迫感引起的单纯的既视感而已，但这种感觉是如此的强烈且真实，很难将其归于毫无意义的错觉。

　　我感到额头上凉飕飕的——飑带来的第一滴雨水落在了

我的头上。我扣住扳机的手指加大了力量。

枪声敲打着我的鼓膜。

一发、两发……我在眨眼之间就将所有子弹都打了出去。就算是大象，在吃了八发九毫米子弹后也不可能毫发无伤。

但是"憎恶"却连身体都没有晃一下。那磐石般的胸膛将子弹全都弹开了。而此时我和"憎恶"之间的距离已经不到十五米了。

子弹不仅没让"憎恶"退却，反而让他加快了前进速度。随着一阵爆炸般的声音，沉重的雨点开始击打我的身体。我反射性地端起了冲锋枪。

飑如同雾一样流动着，将我的视野涂成了一片白色。激烈的雨声中，冲锋枪发出了更为激烈的咆哮。冲锋枪在我的双手中不住地抖动。

但令人震惊的是，就连冲锋枪的扫射对"憎恶"也没有任何效果。就算是从超近距离发射的子弹也不能在"憎恶"的胸口上造成任何微小的伤口。

"憎恶"伸出了长长的手臂。以"憎恶"的力量大概可以直接揪下我的头吧。我反手挥舞着冲锋枪,勉强躲开了"憎恶"的手。冲锋枪撞击到"憎恶"的手臂,发出了刺耳的金属声。

这时候的飑已经变得和瀑布一样了,感觉就像粗橡皮管在不断殴打我——在这样的飑中,我恬不知耻地逃跑了。要是被"憎恶"的四条手臂捉住,我可没有丝毫生还机会。

遇上飑算我走运。"憎恶"的手指曾一度碰到我的肩膀,但被雨淋湿的沙地让机器人短暂地失去了平衡,而且也让我的身体变得更滑溜了。

我飞身一跃,在沙地上滚了两三圈。不管怎么说都要先逃出这里。只要能活下来,就还有机会取胜。

在好不容易成功和"憎恶"拉开了一点儿距离后,我就一蹬腿,如同怯懦的兔子般逃走了。我没有丢掉手里冲锋枪可以说已经相当不错了。

我朝着岩山跑去。继续在毫无遮蔽的海岸上战斗可就真是蠢到极点了。要是那样做,很明显只能落得个累得不能动弹、继而落入"憎恶"手中的下场。

在强飑中奔跑可是件难事。我不止一次地摔倒,而每次摔倒都让我消耗了不少体力。要不是身后不断传来"憎恶"奔跑时的金属撞击声,我甚至怀疑自己是否真的能抵达岩山。

如果这个世界是幻觉的话,那么我竟然如此执着于性命就显得不太合理了,甚至应该说有些可笑才对。但人类对生命的渴望是不能用理性来解释的。就算是在幻想世界里,我也只是绝对不想死而已。

岩山的登山道几乎已经变成了一条河。岩盘完全不吸收雨水,只是给水提供了一条通路而已。

非常难走,实在是非常难走。对我而言,唯一的安慰就是在陡峭的山坡上行走,机器人比人类还要困难这一点了。不管怎样,人类都比机器人更擅长步行,这点毋庸置疑。而实际上我也的确正在慢慢拉开与"憎恶"之间的距离。

好暗,不是夜晚的黑暗,而是黎明将近的黑暗。如果没有飑的话,现在这个时间早就该天亮了。

所谓岩山只不过是堆积在一起的岩块,如同隆起的肌肉般层层叠叠。考虑到海岸边的环境,我也不能奢求太多,但至少还是希望能有足够的灌木让我打个游击战。然而登山道两侧高耸的岩壁却阻断了我的退路,就像是巨人之手一般。

到底爬到哪里才好呢?要是在抵达山顶前都找不到适合

战斗的地点,我这么盲目地往山上爬无异于飞蛾扑火,毕竟到
了山顶就无处可逃了。

踌躇之际,我的注意力被分散了,我在岩石的尖角处脚下
一滑。我慌慌张张地试图重新调整姿势,结果反而一个嘴啃
泥摔了下去。

我的脸猛地一下闷到了水里。更糟糕的是,我还同时吸
了一口气。结果水倒灌进鼻孔,从喉咙里逆流而出。我剧烈
地咳嗽起来,顺着登山道往下滑。加上脸被撞到的痛楚,等身
体好不容易停止滑落时,我居然还有意识,连我自己都觉得简
直就是不可思议。

奇怪的是,我居然在无意间将两只手向前伸,尽可能地让
冲锋枪不浸入水里。状况都这么糟糕了,我竟然还打算战斗。

我确实应该战斗,就算继续逃跑下去,也只是白白消耗体
力罢了。我在疲劳状态下继续在下大雨的山路上行走,甚至
冒着坠落的危险。事实上,刚刚光是滑倒在地,就让我的额头
撞出血了。

我用手摸索着岩壁,艰难地站了起来。雨水模糊了双眼,
直往嘴里灌。强烈的恶寒让身体止不住地颤抖。不管对手是

谁，我这都不是能战斗的状态。可要我逃走，现在的我又已经累得动弹不得了。

突然，拉娜的面庞浮现在我的脑海中，拉娜仿佛正嘲笑我遭受的痛苦。我重新抱紧了冲锋枪——不管是谁，都没有资格嘲笑现在的我。因为我已经决定不再逃跑，与"憎恶"决一死战了。

我没等很长时间。狂风吹拂下的雨幕远处，隐隐浮现出巨大的身影。那身影拥有四条手臂。

"来了啊……"我自言自语地说，"不怕我吗？"

"憎恶"当然不可能怕我。这只不过是我对自己保留的最后一丝幽默而已。

"憎恶"稳步前进。虽然他步行速度很慢，但是那双金属的大脚却一步一个脚印地踏在岩石上。"憎恶"那将憎恨凝结至水晶般的美丽面庞再度出现在了我的眼前。

我扣下了冲锋枪的扳机。

我已经知道，盯着"憎恶"的胸口打没有任何意义，所以瞄准了"憎恶"脚下的地面。

作战计划很简单，就是寄希望于"憎恶"会因此失去平衡。只要减少"憎恶"能够立足的地方，也许他就会像刚才的我一样摔倒，甚至会被大水冲下登山道也说不定。

子弹击碎岩壁，在雨中迸发出激烈的火花。硝烟的气息弥漫在狭窄的登山道上。

然而"憎恶"却一动不动，宛如一座大山。我的攻击没能让他的步调出现丝毫变化。

冲锋枪从我手中滑落。一种像是无上幸福般的安心感，在我心中扩散开来。我甚至露出了微笑。

"行吧。"我点点头，"你赢了。"

"憎恶"黑檀般的胸膛完全占据了我的视野，四条手臂像收网般朝着我的身体逼来。然后——"憎恶"突然就转身离开了。

我一下子哑口无言，愣了半天都没能理解究竟发生了什么。即使"憎恶"的身影消失在白色雨幕的远处，我也依旧动弹不得。过度的幸运让我一时间陷入了痴呆。

就连我自己也无法解释我接下来的行为，我追随着"憎恶"，也向岩山下走去。

飓终于越过了这道山口。

当我终于抵达海岸时，我看到朝阳充满了整片天空，仿佛一切都未曾发生过。虽然我知道飑就是这样，但急速的变化果然还是令人惊讶。青空已经变得炎热，让人觉得像是被火焰炙烤一样。

"憎恶"走进了大海里。他没有丝毫胆怯和犹豫，笔直地迈向了大海。那景象有种诡异的静谧。

我跪在沙滩上，目送着逐渐变小的"憎恶"远去。奇怪的是，我的心中竟然没有涌现出任何感慨。也许是我所有的感情都已经枯竭了吧。

从我背后传来了踩踏沙砾的脚步声。不用回头，我也知道那个脚步声的主人是鲍斯。

"'憎恶'消失了……"鲍斯低声说。

"为什么？"我看向鲍斯，"为什么'憎恶'突然改变了行动？"

"钵罗诃罗陀死了。"鲍斯的声音几乎像是在耳语，"五位老人失去了最为憎恶的对象。所有的憎恨都燃尽了。所以'憎恶'当然会离开。"

我无话可说。虽然是完全意外的幸运，但我对这种幸运没有感到丝毫的喜悦——打倒"憎恶"的机会终于还是从我手中溜走了。我永远也不会再有机会打破这个世界的虚伪了。

"不管这世界是噩梦也好，是神经症患者的幻觉也好，我们似乎都只能留在这里了。"鲍斯像是在代替我悲叹一般，"恐怕到时候又有人要重复神话了吧。并非我们知道的神话，而是在实现那个必须完成的神话之前，都不得不被迫不断地重复愚蠢的行为……最终噩梦会醒来，神经症患者的治疗也会完成。"

"……"

我再次扭头看向大海。"憎恶"的身影已经沉入了水里，消失不见了。

巨大的积雨云描画出一道水平线，闪耀着白色的光辉。

鲍斯的话在我耳中如同一曲悲歌。没错，我失败了。但就算如此，难道我就只能无所作为地等待着别人的幸运降临吗？——看来确实如此。一个清晰记忆都没有的人又能做成什么事呢。

某句话从我的脑海中一闪而过——亚马孙的"德塞森特"……我着实不清楚这句话究竟意味着什么。事到如今，我当然不可能相信那是什么第四世界的基地。

"你去哪儿?"

大概是被我突然站起身来、迈出脚步的举动惊到,鲍斯问道。

"亚马孙……"我头也不回地答道。

我也还有应该要去做的事。

III 无意识分析　爱

アモール

1

我又做了同样的梦。

汽车被压扁的梦。小汽车被巨人咬碎化作一团废铁的梦。可以说是噩梦吧。

噩梦总是始于汽车旅馆的停车场,而我总是站在汽车旅馆的停车场里。做梦的我就像是监控摄像头一样,可以仔细观察站在停车场里的自己。

站在停车场里的我总是能让做梦的我感到相当满足。丝绸衬衫配上米色的短裙,缠在脖子上的浅蓝色围巾让她显得十分精致。

要是胸部能再大一点儿就好了……

做梦的我变成了相当严格的审查员,拥有堪比时尚杂志摄影师的审美。腿的形状不错,发型也十分相称。要是胸部能再大一点儿就更好了……

梦里的我则不屑地哼了一声。她讨厌别人对自己的容貌指手画脚。真是个骄傲自大的姑娘。有点儿狂妄,有点儿可爱,又有点儿轻浮的女孩子……

做梦的我忍不住笑起来,就像是拥有漂亮女儿的漂亮母亲一样。虽然多少会有些担心,但心里知道女儿最后也会一帆风顺的。毕竟她和我是一样的嘛。男人们怎么可能不围着她团团转呢——做梦的我对梦里的我说道:"放手去做吧。你很漂亮哦。放心大胆地去做吧……"

突然,梦里呈现出了不祥的模样。风景像被蒙上了一层滤镜,变得苍白——一种让人联想到悲剧的预兆。

一辆车开进了停车场。通身漆黑的车,一眼看去就让人联想到灵车。做梦的我无法确认开车的人是谁。

梦里的我抬起一只手,开始指挥车子前进。她不像是能当公交车售票员的料,那背影和步伐看起来都不太可靠。

做梦的我尖叫起来。某个预感让我感到害怕,于是我用最大的声音尖叫起来。那叫声也许更像是哭泣——但是,没有任何人能听到我的声音。就和电影一样,不管观众如何害怕,电影仍会丝毫不受影响地继续放映。

怪物登场了。梦境急转为灰色,透露出凶煞的气息。两辆油罐车冲进停车场,轰隆隆的声响让大地都震颤起来。

就好像是在看巨人双手合掌一样。小汽车被带离地面,车轮死命空转着。油罐车从两侧紧紧夹住它,发出压轧金属的刺耳声音,如同捏扁一个空易拉罐。碎裂的玻璃窗看起来就像是从鼻孔里飞溅而出的血……

这时候梦境发挥出其独特的作用,突然与完全不同的场景重叠了起来。浮现在我眼前的是神话——而且是完全错乱的神话场景。

梦里的我化作一只鸽子,拼命在海面上飞翔的一只鸽子。那对拼命扇动的翅膀,看起来是如此的脆弱无力。

鸽子两侧,巨大的岛屿在不断逼近——字面意义上的逼近。这是希腊神话中的撞击之岩石——叙姆普勒加得斯①。

---

①伊阿宋寻找金羊毛的希腊神话之中出现的两座会互相撞击的海山,伊阿宋所乘的阿尔戈号经过时,差点儿被压碎,因被雅典娜帮助而顺利通过。

两座岩石岛屿在海浪中起伏摇晃着，不断地相互撞击……

鸽子勉强从撞击之岩石间穿了过去，但是——鸽子引导的那艘船却被巨大的岩石给夹住了。桅杆断裂，船体就像是肋骨一样纷纷被折断。船员们悲惨的叫声不绝于耳。

真是疯狂的神话。在原本的希腊神话中，伊阿宋等英雄乘坐的阿尔戈号难道不应该安全穿过了撞击之岩石才对吗？英雄们得到预言说，只要鸽子能够通过撞击之岩石，那他们的船也能够安全通过，本应是如此才对。

这场惨剧应当归咎于鸽子。鸽子、梦里的我，还有做梦的我不由得都颤抖起来。不对，这不是我的错……

两辆油罐车的柴油发动机咆哮起来，如压路机一般执拗。小汽车已经化作了一块金属的墓碑，想必开车的人连最后一滴血都被榨干了吧。

车子和船都被压扁了。我的尖叫撕裂了噩梦。这不是我的错，这不是我的错……

我总是会在这里醒来。醒来时的虚脱感总伴随着长途旅行的疲劳。身体瘫软得如同要陷入地底一般。

漂浮在视野里的云被染成了暗红色,银灰色的光箭在天空中放射出蜘蛛网的形状——太阳就要下山了。我从来没有睡过这么久的午觉。

我在草地上撑起上半身。来复枪的枪身碰到了我的膝盖。

一望无垠的草原上点缀着零零星星的金黄色毛茛花。遥远的山峰在暗红色云彩的衬托下化作一道紫色的剪影。

起风了,草原如同野兽的脊背一样起伏,迸发出闪耀着的光斑。

真是田园牧歌般的景色。但是,身在这样的景色中,我的耳边依旧回响着被压死的人们的惨叫。那个开车的人究竟是谁……?

我近乎本能地回避思考这个问题。我确信自己知道死者的名字。虽然知道,但我却拒绝将那个名字从意识的深渊中拉出来。不断重复的那个噩梦毫无疑问是因为过度压抑导致的。我只是无法理解希腊神话里的撞击之岩石,还有被压扁的阿尔戈号的英雄们是否也象征着我的什么呢?

我抓起来复枪,缓慢地站了起来。我现在身上穿的服装和梦中的有着天壤之别，就算是我也不太好意思用"精致"来形容。非要比喻的话，那就是流浪汉的最新款式。洗得发白的牛仔裤只到膝盖那么长，衬衫到处都是开线……纽扣掉了两颗，乳房若隐若现，连我自己都觉得是不是有点太大胆了。这可不是能给小学生看的样子呢。

我将来复枪挎到肩膀上。来复枪挺沉的，皮带深深地勒进了肉里。对于年轻姑娘而言，这真是字面意义上的"不堪重负"。

我意气风发地在草原上大步走了起来，带着独立女性的强健。只要有这把来复枪在手，现在的我才不需要什么男人呢。如果遇上那种一脸成功人士模样的心理学家，大概会说这把来复枪恰好象征着男性阳具什么的吧。要是我再坦白，晚上自己会抱着枪睡觉，这位心理学家怕不是会兴奋得乱跑起来。

可惜，我抱着来复枪睡觉不过是因为不知何时恶魔鸟夏比[1]会来袭击而已。恶魔鸟夏比特别喜欢在半夜发动袭击。

我的心里突然掠过一阵强烈的厌恶感，和呕吐感很像。

---

[1]希腊神话中一种半人半鸟的怪物，名字带有"掠夺者"的含义，被视作暴风和旋律的恶魔。

恶魔鸟……也被称作伟大宙斯的猎犬。当然这里的恶魔鸟只是模仿希腊神话里存在的怪鸟而已，不过他们的袭击却是致命的。此外，在我所属的这个世界里，希腊神话里的青铜巨人塔罗斯也正四下游荡，半人马也是存在的……

真是让人难以接受的世界。虽说是为了治疗，但我究竟要在这个模仿希腊神话的畸形世界里待多久才行呢？对于一个年轻女人而言，该做的事情还有很多呢。

——小姐，一起喝杯茶如何？

——我在等人呢。

唉，我什么时候才能回到那个简单明了的世界里去呢？虽然大部分年轻男人都大脑空空，但空荡荡的大脑下面却连接着健美的肉体。真想和男人们喝酒、大笑、跳舞，然后……

有什么红色的东西从视野的边缘一闪而过，有鱼雷艇那么快。我几乎是反射性地将来复枪从肩膀上卸了下来。

是狐狸。

两只狐狸正在草原上疾驰。果然是季节到了，这两只狐狸毫无疑问是一雌一雄。

仿佛被火箭贯穿了天灵盖，我的整个视野都变红了。我竟然对两只狐狸产生了难以解释的嫉妒。

如今的我不爱任何人，也不被任何人爱。牢牢扎根于意识深处的罪恶感夺走了我作为年轻女人的丰润。我好像杀死了某个自己爱过的人。

但是——罪恶感似乎还不足以吸干我的全部情感，还没有完全干涸呢。那仅存的求爱心此时此刻让我产生了毫无逻辑的嫉妒。

我跑了起来，一边跑一边拉动枪栓。在我心底的某处，还保留着一丝能够嘲笑自己愚蠢的余裕。这不正等同于宙斯那善妒的妻子的所作所为吗？

但是，我已经跑起来了。在打死狐狸之前，我的心情大概都不会再度平复吧。两只狐狸没有做错任何事情，但是我实在忍不住想打死它们。

当然，狐狸的脚力可比我优秀好几倍。它们急速地拉开了与我的距离——两只狐狸在夕阳染红的草原上奔驰，看起来就像是神使①。它们甚至还有着仅因是神使就变得完美的生物所特有的美丽。

---

①此处特指日本文化中的"神使"，被认为是神佛的使者与仆从的动物们，例如稻荷神社的狐狸、八幡神社的鸽子等。

我扣下了来复枪的扳机，肩膀上传来烧灼般的冲击感。但我射出的两发子弹只是划过了虚空。我就是个跟狩猎专家扯不上什么关系的女人。

但是——那种没来由的嫉妒却因为开枪而得到了抚慰。就像是歇斯底里的爆发。在这之后只会留下倦怠的虚脱感。

我松了口气，目送着狐狸远去。在草原上奔驰的狐狸很快就变成了视野中的两个黑点。下沉的夕阳仿佛就是它们的巢穴一样。

突然，两声枪响响彻了草原。狐狸们的身体像是被什么击飞了一般。毫无疑问是子弹贯穿了它们的身体。它们再也没法继续奔跑下去了。

我站在原地一动不动，一时间没能理解究竟发生了什么事情。感觉狐狸就像是变成了我恶意的牺牲品。我甚至怀疑是自己的恶意凝结成了现实的子弹，夺走了两只野兽的性命。

但我这幼稚的罪恶感还没有持续十秒钟，真正的射手就登场了。

那是个年轻男子。牛仔裤上插着刀子，上半身裸露着，裸露的胸膛上起伏的健美肌肉让我莫名地有些沉不住气。那张脸上还残留着一些少年的稚嫩,他的眼睛如同鹿一般清澈。

他与我之间的距离不到十米。风吹乱了我俩的头发,我们看起来一定很像兄妹吧。

"为什么开枪?"我问。

"我没打算抢你的猎物。"年轻人用无忧无虑的声音回答道,"正好两只。一人一只怎么样?"

我才不需要狐狸。我问的不是这个。

"那不是我的猎物。"我的声音变得高亢起来,"我问的是你为什么开枪。"

"狐狸在跑,而我又拿着这个……"年轻人晃了晃手里老旧的猎枪,"不开枪还能怎样?"

年轻人的脸上看不到半分罪恶感。那是粗犷的野兽依照欲望行动时的表情。他的笑容真是可爱。

"……"

我没能说出更多话来。身体上的变化让我困惑。我明显是对这个年轻人产生了欲望。我最后一次和男人睡觉已经是近一年前的事情了。

"那么两只狐狸我都拿走了哦。"

年轻人的笑脸变得更加明亮。对于欲求不满的女人而言，这可是十分危险的笑容。

年轻人转过身，慢慢地在草原上走远了，只留下那魁梧的背影。夕阳中，那背影如同幻影般摇晃着。我忍耐着目送他远去，直到他完全消失在视野里。

我是没有生命的人偶。我尽量满足于自己是没有生命的人偶这件事。连自己杀了谁都不记得的女人，没有生存下去的权利。但是——我果然还是无法忍耐修道院般的伪善。就算我是个杀人犯，作为年轻女人我还是忍不住想要追求魁梧健美的男人。

那个青年扰乱了我虽然有些寂寞但是相对平稳的生活，我甚至对他产生了一种近乎憎恨的感觉。

突然，巨大的阴影落在我头上。我回头一看，发出一声小小的惊叫。

巨大的青铜人站在我身后。他身高远远超过三米，手里拿着雕刻有巨人①的盾牌，腰间挂着一把剑。不管是其盔甲还是胸肌，都是用同一种模仿青铜的合金制造而成的。唯一非

①又译作"癸干忒斯"，是希腊神话中一个身形雄伟、力大无穷的种族，是大地之神盖亚和乌拉诺斯的孩子。

合金的只有盔甲上的羽毛装饰。可以说是一件精巧细致的电子工学杰作。

这就是青铜人塔罗斯。他在这个模仿希腊神话的世界中担任卫兵，可以说是非常关键的存在。实际上，他拥有一种压倒性的威严，任何人都无法企及。

塔罗斯面无表情地凝视着我。

2

"晚上好。"我笑起来,"虽然总是这样,但塔罗斯你真的很安静呢。我经常被你吓一跳。"

塔罗斯没对我的话产生任何反应。当然,塔罗斯并不会说话。我甚至怀疑他是否真能理解人类的语言。但就算明知道这一点,我还是会忍不住跟他说话,大概是因为我是个寂寞的女人吧。

塔罗斯蹲下来,缓缓朝我伸出右手。他是打算送我回家。我最喜欢坐在塔罗斯的肩膀上,在草原上前进。仿佛只有在这种时候,早已隐藏在浓雾深处的少女时代的模糊记忆才能被唤醒。当然,这也只不过是我的错觉……

塔罗斯用右手慎重地将我运到了他的肩膀上,就如同温柔的父亲一般。我用一只手臂环住塔罗斯的盔甲,嘴边浮现出微笑。

塔罗斯迈开了步伐,慎重得有如脚踏着云彩一般。这个世界上不会有比塔罗斯更优秀的交通工具了。当然,这只是比喻,我可从没把塔罗斯当作过交通工具。

夜幕急速地降临了。风正符合春天的特质,让人感觉十分烦恼。真是好久好久我都没有像这样陷入女人该有的感伤之中了。

"我才不寂寞呢。"我对塔罗斯轻声说,"才没有因为是一个人而感到寂寞呢。"

塔罗斯不可能回答我。但他的表情仿佛在说:就算感到寂寞,但即使赌上战士的荣耀也绝不应该把这种话挂在嘴边。

我则继续自言自语。这是害怕孤独的女人最喜欢的单人游戏。

"我生病了。我病得连自己是谁,杀了什么人都不知道,所以才会生活在这个地方……"

我的声音充满了自我怜悯。

"生病的女人难道就没有权利喜欢他人吗？我喜欢你，塔罗斯……可是，你不是年轻男人啊，女人是需要男人的，哪怕是杀过人的女人……"

塔罗斯的步伐十分稳健。那步伐不带任何犹豫，充满了力量。对于女人来说，真是比谁都可靠的保护者。但遗憾的是，现在的我需要的并不是保护者。

我用脸蹭着塔罗斯的盔甲，就像是退化成了愚蠢的幼儿。从我的眼中甚至溢出了泪水，也许是因为塔罗斯的步伐让我联想起了摇篮吧。

塔罗斯踏进了郁郁葱葱的森林。就算是这个地方的建造者也没能改变这里的植物生态。密集的针叶林昭然表明这里是加拿大某处。这森林可不太适合巴克科斯①到处捣乱。

塔罗斯的盾散发出如同探照灯般明亮的光芒来。突如其来的亮光让胆怯的小动物们四散奔逃。拥有红外线夜视镜的塔罗斯并不需要照明。他是为了我才点亮灯的。

没有肉体的机器人为什么能如此温柔周到呢？我时常产

---

①指希腊神话中的酒神狄俄尼索斯，在被纳入罗马神话时被称为巴克科斯。

生如此疑问。虽然也可以认为这只是单纯的知觉机形成的自动反应而已，我却觉得塔罗斯拥有着单纯用机械无法解释的"人格"。当然要说这只不过是寂寞的女人编织出来的幻想，也不是说不通……

穿过森林后，是一条长长的干谷。荒凉的干谷里连一根草都没有，险峻的悬崖高耸在两侧。我的小屋就建在这条干谷的深处。只要能忍受荒凉的景色，这里就是女人保护自己不被恶魔鸟袭击的绝好地点。

"谢谢。"我对塔罗斯说，"到这里就可以了。"

这种程度的词汇早已设置在了塔罗斯的电脑里。人类要在大自然中生存，或许只需要这种简单的语言就完全足够了。

塔罗斯停下脚步，再次将右手举到肩膀的高度。他静静地将我放到地上，就好像我的身体是用脆弱的陶器做成的一般。每当这时，我总觉得自己就像是个社交界的贵妇人。

"再见，塔罗斯。"

我朝着小屋走去。

在遇见那个年轻人后能碰上塔罗斯，不得不说是种幸运。否则我今天大概整晚都会带着阴暗自闭的想法度过吧。

　　总体而言，女人并不适合野外生活。两三天的露营也就算了，反正我不喜欢在深山小屋里生活。

　　壁炉、桌子、木板床……深山小屋里只放着最基本的生活用品，完全没有女孩子房间应有的那种华丽。不管我在壁炉里面塞多少柴火，也无法消除那丝丝寒意。要融化我的寂寞，需要的可不是柴火啊。

　　当然也完全没有自来水管、电线之类的设施。水要自己去山泉那儿打回来，照明则全靠油灯。这种生活简直令人丧气。

　　至于独自生活的女人究竟能变得多懒惰，连我自己都感到惊讶。我根本就没有做晚饭的心思，配给的罐头热也不想热，冷着吃完后，我就直接爬上床躺着了。

　　油灯的火光在天花板上投下扑朔迷离的影子。差不多该换灯芯了吧。没人会喜欢熏制的年轻女人，得是新鲜的才有价值。

　　我忍不住想起那个年轻人来，耳边仿佛响起了他那阳光开朗的笑声。

　　我感觉从身体内部传来一股灼热，和寂寞很相似，但我现在感受到的不是寂寞。

我应该想想，为什么那个年轻人会在这里呢？那个年轻人也和我一样病了吗？生病的两个男女会被允许住在一起吗？如果能和那个年轻人在一起，深山小屋的生活大概也没有那么难以忍受。

我几乎丧失了所有记忆。虽然偶尔会有男人们的面庞从记忆深渊浮现出来，但他们却从不能使我回想起自己现实里的姓名，也无法让我清晰地回忆起任何事。我的名字"吉尔"也只不过是医生给我取的而已。

就这层意义而言，我难道不应该算是个处女吗？那个年轻人能成为我的第一个男人……我陶醉地微笑起来，不知为何，我有一种悲喜交加的感觉。

我身体里的活力仿佛又复苏了。我快速从床上爬起来，站到了挂在墙上的小镜子前面。

现在的我当然不指望能像梦里的我那样精致。几乎没怎么梳过的头发被阳光晒成了稻草色，肌肤也接近于褐色——但是，要迷住男人倒不一定必须是精致的女人，野性之美也是存在的。关键在于对方的喜好，不是吗？

我后退了几步,开始检查自己的身材。腰部看起来没什么问题。问题是胸部,这平胸总是令我头痛。

杀了某个人的罪恶感在不知不觉之间,已经完全从我的心中消失了,就像是被抹去了一样。不被任何人所爱,也不爱任何人的女子也在此时此刻一同消失了。站在这里的,只是一头为了捕获猎物而磨着利爪的雌豹。

然而,这时突然发生了一件让雌豹也不得不尖叫的事情。

伴随着一声落雷般的轰响,一个巨大无比的东西落在了小屋顶上。屋顶破碎,房梁断裂,可谓是来势汹汹。

我的视野被漆黑的羽翼所覆盖。恶魔鸟夏比撞破屋顶冲了进来。他手里紧握的斧头已经说明了一切。

巨大的翅膀妨碍了恶魔鸟的动作,否则那把斧头早已准确劈开我的身体了吧——然而我却不能像伊丽莎白王朝的贵妇人那样尖叫。我只能自己保护好自己,毕竟也没别人来保护我了。

我从翅膀下面钻了过去,跳向靠在墙边的来复枪。划破空气的声音尖啸着划过了我的耳边。几乎就在斧头砍中墙壁的同时,我扣下了来复枪的扳机。

恶魔鸟在巨大羽翼的支撑下，以一种类似于被钉在十字架上的姿势猛然向后倒了下去。他那用颜料涂成彩色的面孔因为痛苦而扭曲成了丑陋的模样。

我可没有时间来后悔自己杀了人。

一些火团从破碎的天花板掉落进来，噼啪燃烧的秸秆碎片在小屋里飞舞扩散。现在我都火烧眉毛了，哪还管得上后悔什么的。

我艰难地喘息着，一边咳嗽一边慌慌张张地冲出小屋。胸小也不见得全是坏处嘛，操作起来复枪就很便利。所以比起恋爱，我是一个更适合战斗的女人。这真是令人悲伤。

我从小屋冲出来时，如同亚马孙女战士一般连续扣动了几次来复枪。当然，我可不指望能够打中恶魔鸟。只要能在我离开小屋的这段时间内，阻止他们靠近我就已经是万幸了。

一共有三个恶魔鸟。他们全都取下了翅膀，在燃烧的小屋周围疯狂起舞。袭击女人对于他们而言好像意味着某种狂欢①。由于太过狂热，他们甚至都没有察觉到我已经从小

---

①原文此处是orgy，指带有某种性意味的狂欢宴会。

屋里逃了出来。

恶魔鸟也不过是和我一样的病人。他们全身上下套着黑色的衣服,脸上用颜料画着恶魔脸谱,是一群可悲的疯子。他们自认为是希腊神话里"宙斯的猎犬",使用滑翔翼在天空中飞舞。我不知道究竟要有多么疯狂才能让他们相信自己是恶魔并袭击其他人,我也不知道为什么**治疗者**们会放任这种行为。

唯一可以确定的是,恶魔鸟他们已经变成了这个地方的蛮族。

我躲在岩石的阴影中,目不转睛地看着燃烧的小屋。出乎意料的是,我没有涌现出任何可以称得上是悲哀的感情。不止如此,我甚至感到有些爽快,因为现在正被燃尽的是我的寂寞啊。

恶魔鸟中的一人突然转向我,大喊了些什么。我可不觉得那会是什么优雅的话。身为一名淑女,假装听不懂才是明智之举。按理来说我本应该满脸通红,娇羞地说点儿"讨厌啦"什么的才对,但现在我可没时间去假正经,因为恶魔鸟们已经一齐朝着我冲过来了。

又到了安妮·奥哈拉[1]登场的时候了。我拉下枪栓,将枪托抵在肩膀上。在火光的衬托下,恶魔鸟的身形可以说是不能再好的靶子了。

我开了两枪,基本上只是出于威吓目的。我并不习惯杀人,而且就出嫁前的修行而言,杀人也确实不恰当。简而言之,只要恶魔鸟放弃玩弄我的罪恶想法就足够了。很遗憾,你们可不是我喜欢的类型。

恶魔鸟们纷纷趴倒在地。虽然趴下了,却没有露出因为威吓射击而害怕的样子。他们依旧捏着斧头,开始扭动着匍匐前进。

我气得热血上头。女人最讨厌纠缠不休的男人,这难道不是古今中外皆通的真理吗?

"滚!"我从岩石后面跳出来,举起来复枪,"赶紧给我离开这儿!"

恶魔鸟中的一人用力挥动右手,斧头呼啸着冲我飞来,将来复枪从我手中击落。我手臂一麻,不由得摔倒在地。

恶魔鸟们纷纷扑了过来。我可不准有人说我没有进行抵

---

①此处原文是アニー·オハラ(应为英文 Annie O'hara),具体所指不详。

抗。我挥舞着手臂，脚下乱踢。对准在公开场合不好提起的
男人要害就是一记膝踢。

即便如此——我也还是不可能敌得过这三个大男人。没
一会儿我的衬衫就被扯开了。他们的手在我的乳房上乱摸，
让我打心底感到害怕。牛仔裤也被退到了膝盖下面。

"住手！"我终于尖叫起来，"救命！"

那之后短暂片刻里发生的事情我不太记得了。只记得听
到好几声击打血肉的钝响，之后，恶魔鸟就从我的视野里消失
了。还听到了愤怒的叫骂，以及有人逃走的脚步声。

我愣愣地爬起来，接着意识到自己正站在那个年轻人面
前，全身裸露，只穿着内裤。

"那些人真是过分。"年轻人说，"你没受伤吧？"

3

年轻人的话可以说没什么逻辑。我有没有受伤难道不是一目了然的吗？但现在可不是指出年轻人缺乏逻辑的时候。

我感觉自己的脸热得要喷出火来了，赶紧捡起落在地面上的衣服，飞快地整理了一下自己的着装。话先说在前面，我可不是因为胸部小才觉得害羞，而是因为没穿衣服才害羞的！

年轻人转头看向燃烧的小屋。在摇晃的火焰映衬下，年轻人的身形就如同阿波罗一样健美。换作任何女性肯定会被他的身材迷倒。

我对年轻人开口道："谢谢……"

我尽可能努力保持着坚毅的态度，因为我不希望他觉得我是个只会害羞的蠢姑娘。

但是要控制从自己体内溢出的喜悦却不是件容易的事情。在危急关头被心仪的骑士所拯救，难道不是许多女人共通的梦想吗？况且能够真正体验这种童话情节的，仅限于极少数非常幸运的女性。

"不用客气。"年轻人露出略有些害羞的微笑，"应该的，就当是狐狸的谢礼了。"

就在这时，伴随着一阵震耳欲聋的巨响，小屋的房顶在火焰中崩塌了。灰尘卷起旋涡，火星高高地飞起来。我甜蜜的小窝就这样陷落了。

我还是忍不住多少有些感慨，不管怎么说，我好歹也在这座深山小屋里生活了近一年呢。

"你的家没了啊。"年轻人向悄然伫立的我搭话道，"我在这附近支了帐篷。不嫌弃的话，今晚要不就来我的帐篷里睡吧。"

这种邀请意味着什么，当然是十分明显的。虽然是相当性急的求爱，但于我而言，事到如今也懒得去玩欲擒故纵的把戏了。

"……"

我垂下眼睛,轻轻地点了点头。

我和年轻人在帐篷里度过了如胶似漆的一晚。

事后,年轻人告诉我他的名字叫作肯。"我叫吉尔。"我也报上了姓名。然后肯再次伸出手臂,我们就又做了第二次。第二次做爱简直不能更好了。没了第一次时的粗暴,连欲望都变得很稀薄,只有心情静静地从寂寞转变为安宁。

黎明时,我一边凝视着肯的睡颜,一边思考这个年轻人为什么会在这个地方。我觉得肯不像是应该生活在这片土地上的人才对。

当然,我生活在这里是有明确理由的。这个地方被称作精神病患者的开放式病房,而我生活在这里的理由则是……

那时,我的精神正不断受到腐蚀,这毫无疑问。

汽车事故的记忆与撞击之岩石的幻影,两者都让我恐惧不已且预感到自己即将疯掉,前者是直接性的,后者则是间接性的。也许只有疯掉了才能得到救赎吧。因为车祸的记忆已化作了罪恶感的尖牙，让我日夜不停地受到折磨。

虽然，我对那场事故负有责任。不，也许那根本就不是事故。话说，被两辆油罐车压扁的小汽车里坐的究竟是我的什么人呢？是男人还是女人呢？撞击之岩石的幻影又意味着什么呢……？

不管哪个问题都不是我能够回答的。且不说找到答案，我甚至对自己的过去一无所知，除了这份事故的记忆。直白地说就是，我有失忆症。

每一天我都在与世隔绝的环境中度过。透过病房窗户的铁栅栏看到的云，是唯一能给我的日常带来一些变化的东西。我本以为自己会就这样不明就里地怀着罪恶感老去。我甚至不知道自己在这间病房里究竟生活了多长时间。也许其实只不过是短短几天而已。

就这样，某一天——有人造访了我的病房。

客人自称是精神病理学家，但我却不记得那张脸。倒不一定是因为我丧失了记忆，而是我的确从未见过此人。

毕竟他的容貌可不是那么轻易就能忘掉的。不，准确来说，应该是这个人完全没有容貌才对。年龄不详、秃头、男性，戴着墨镜。不仅如此,他的半张脸还用黑色的橡胶面具遮挡着。

他连名字都没告诉我。

"你完全不记得谁在事故中死了,没错吧?"男人问。

"嗯……"我点点头。

"并且,你在反复不断地梦见希腊神话里的撞击之岩石。"男人的口吻带着诡异的固执,"在梦里,你化作带路的鸽子,让阿尔戈号沉没了。是这样没错吧?"

"我已经说过好几次了。"

"撞击之岩石是出现在哪个神话里的,你也是知道的吧?"

"当然。"

在希腊神话中,这也是最有名的故事之一,不是吗?

很久很久以前,有个名叫珀利阿斯的男人统治着一个叫作伊俄尔科斯的国家。珀利阿斯夺取了哥哥的王位,并不是伊俄尔科斯的正统国王。有一天,哥哥的儿子伊阿宋来到了伊俄尔科斯,要求珀利阿斯归还王位。珀利阿斯当然不想归还王位,于是心生一计,向伊阿宋提出了条件,让他前往科尔基斯的国王埃厄忒斯那里,取回金羊毛……

为了应对这道难题,伊阿宋召集起希腊有名的英雄们,乘上阿尔戈号出海了。

阿尔戈号一路上遭遇了各种各样的危险,与恶魔鸟夏比,以及巨大的青铜人塔罗斯作战……而穿过撞击之岩石也是阿尔戈号的冒险之一。

伊阿宋成功地从国王埃厄忒斯那里夺取了金羊毛。因为国王埃厄忒斯的女儿美狄亚爱上了伊阿宋,帮助他完成了计划。伊阿宋带着美狄亚,乘坐阿尔戈号逃离了科尔基斯。然后,然后……

"心理学家荣格所提倡的集体无意识学说,你听说过吗?"男人话锋一转,"所有被遗忘的事物——在意识阈限之下才能被察觉、思考的事物……这些都属于个人无意识。而集体无意识则与个人毫无关系,是源于通过遗传继承而来的大脑构造本身的**人类无意识**。荣格认为集体无意识本身就拥有自律的能量……似乎全世界各个民族各自拥有的神话也都发源自这个集体无意识。"

"……"

我无法保持平静。和那种喜欢见心理咨询师的小姑娘不同,我想拿复杂性和倦怠来装饰自己。失忆的我会腻烦精神分析也是理所当然的。

"就近年的趋势而言,因集体无意识而产生的神话与个人无意识好像正逐渐融合。实际生活在神话中的人已经变得非常多了。从某种角度而言,也可以说是个人的崩坏……"男人似乎压根儿不在乎我的心情,"失礼地说一句,你的情况也算是其中的典型,你明显生活在希腊神话里。北欧神话、印度神话……生活在神话里的人数量有很多,但生活在希腊神话中的人的数量却是最多的。或许是与俄狄浦斯情结、厄勒克特拉情结①等一系列心理学用语产生了某种相乘作用吧。"

我就像一只被针钉在试验台上的昆虫。一个素未谋面的男人观察着我痛苦挣扎的模样。

"我想休息一会儿……"

再不对这个冷酷无情的男人做出反击,我会控制不住我自己的。

"当然,休息是不可或缺的。"男人非常夸张地点点头,"但

①俄狄浦斯情结即恋母情结,是在预言的误导下,俄狄浦斯弑父娶母的故事;厄勒克特拉情结即恋父情结,是厄勒克特拉为报父仇,杀害母亲的故事。两者都是古希腊著名悲剧。

是,你必须要知道……明天,你将被送到加拿大的丘陵地带。当然,是为了治疗。"

"加拿大?"

"对,那边建造了开放式病房,为生活在希腊神话里的人们划出了大片的土地。那个地方是模仿希腊神话的世界修建的。从青铜人塔罗斯到半人马,可谓是应有尽有。

"实际生活在集体无意识中,对于患者而言究竟能起到多少效果,暂时还无法预测。将无意识现实化对于治疗是有效的,这一点自弗洛伊德时代就已经得到了公认。只是不同于个人无意识,集体无意识的规模总是会很大。

"原则上当地人必须做到自给自足,毕竟是实际生活。只不过最低限度的生活必需品还是会由这边定期配给,所以请不要担心……

"这开放式病房简直可以说是福利社会的极点啊。"

那个男人傲慢的笑声至今也还残留在我的脑海中。自被送到这个开放式病房已有一年时间了,到现在我都还在怀疑自己是不是被那个男人给骗了。

耳边传来了拉动来复枪枪栓的声音。我小小地尖叫一声，从睡袋里面跳了出来。

不知道我是什么时候睡着的。帐篷里已经充满了朝阳的光芒。光芒中，肯坐在地上，正认真地检查着我的来复枪。

"早上好。"我打起招呼来。

"早上好。"肯答道。

感觉真好。我几乎没有意识到自己是全裸，而肯是半裸着的事实。我甚至觉得，这种事情对我们来说应该是理所当然的。

"真是有热情呢。"我愉快地继续说道，"又打算去猎杀狐狸了？"

"不。"肯摇摇头，"我要猎杀的是'爱（Amor）①'——就是被你们称为塔罗斯的那个机器人。"

_____

①指古罗马神话中的爱神埃莫。

4

我一时间没能理解肯的意思。我没想到竟然会有人敌视那个无害又温柔的塔罗斯，这完全超出了我的想象极限。这种感觉就像是搬开石头，出乎意料地发现了一只毒虫，而我在不知情的情况下爱上了这只毒虫。

肯对我的震惊完全不在意。他似乎完成了来复枪的检查，径直离开了帐篷。

我慌忙穿上衣服，跟在肯后面追了出去。我必须去确认肯这句话的真假。年轻人嘛，确实喜欢吹牛，但他的豪言壮语却深深刺痛了我，让我难以接受。

山谷才刚刚摆脱黎明的寂静，小鸟的啼鸣也只有零零星星的几声。

干谷的陡峭岩面被曙光染成了玫瑰色。这个山谷虽然与"美景"这样的词相去甚远，但早晨还是有一看的价值。

肯停留在耀眼的晨光之中，那健壮的胸肌有着仿佛他自身已化作光的结晶般的景观。他双手抓着来复枪，从地上一跃而起。

很明显，他是在等我从帐篷里出来。

"你刚刚说的那些话是真的？"我性急地问。

"嗯……"肯点点头。

"为什么要以塔罗斯为目标？是塔罗斯做了什么对不起你的事情吗？"

"不。"肯用力摇了摇头，"我跟塔罗斯无冤无仇，而且我也只看到过塔罗斯一次——就是昨天，他和你在一起的时候。"

"那你为什么要猎杀塔罗斯？"

"因为塔罗斯是绝佳的战利品啊。"

"战利品？"

"对，可以说是我们猎人期望的终极猎物。"肯神情恍惚地说道，连声音中都带上了一些狂热，"在这世界上存在四台神话机器人，塔罗斯……不，'爱'就是其中的一台。为了建造这些神话机器人，可是投入了超过天文数字的费用呢。

"所以，只有神话机器人没有听从人类命令的义务。在必要的情况下，他们甚至可以伤害人类。所以才是神话机器人。

"对于我们猎人而言，这可是求之不得的呢。因为神话机器人与人类的战斗不适用于任何法律。不管是哪一方打倒了另一方，都不会产生任何问题。尽管这种狩猎极度危险，但对于我们猎人而言，危险才是带来美味的调味料。只要是对自己身手有信心的猎人，都绝不可能拒绝这场狩猎。"

"但是，就因为这种无聊的原因……"我的声音里想必充满了怀疑与诧异，"仅仅因为喜欢狩猎，就要去打倒塔罗斯？"

"'无聊的原因'？没想到你是这么觉得的。"肯的表情看起来有点儿受伤，"女人什么都不懂。"

"……"

我一时间竟不知道该说些什么，因为我的心中终于开始滋生出疑惑。肯和我睡觉看来不一定是因为爱我。

"你为什么和我睡觉？"我问，"因为我和塔罗斯是朋友吗？为了打倒塔罗斯,和我亲近一些会更方便是吗?"

"不要犯傻啦。"肯耸了耸肩,"当然是因为我喜欢你啊,这还用说吗?"

我当然不会相信肯的话。肯也十分清楚我不会相信他的话。从这种角度而言,我们俩倒是非常相称的一对情侣。

"只不过,如果你多少还有点儿帮我的想法的话……"在说完是因为喜欢我才和我睡觉之后,肯又心平气和地加上这么一句,"能把塔罗斯叫到这个山谷里来吗?我也不要求更多了……"

"不要。"我摇摇头,"绝对不要!"

但是,尽管我摇着头,同时却预感自己最后还是会听从肯的要求。因为肯的笑容实在是太让人难以抗拒了。

要和塔罗斯取得联系,就必须去见半人马,因为在这个开放式病房中,半人马的地位类似于护士。他的工作包括观察我们这些患者的情况,或者了解我们的要求,逐一向上级报告。

当然,那个所谓的上级究竟是什么样的组织,我完全不得而知……

　　半人马总是懒散地躺在岩石上。就算我走近,他也完全没有动静,只是大大地打了个呵欠,又懒懒散散地松了口气,十分悠闲自得。

　　我无法判断半人马究竟是什么。从常识来看,那一半人类一半马的模样当然不是人类了。和塔罗斯一样是机器人,大概是最为合理的解释了吧。

　　但是——就算我看到那奇异的身形,也依旧怀疑半人马其实是人类。我只能认为半人半马的模样一定是通过某种戏法达成的。半人马和塔罗斯不同,他拥有鲜明的性格,而且他的性格还相当独特呢。

　　他从以前开始就总认为自己生为半人马一定是哪里搞错了。他声称自己本来应该是斯芬克斯才对。只不过换谁都能看出来,半人马的这种主张只不过是对自己落魄的境况假装不介意,目的是拖延工作而已。

　　"半人马。"

　　我向半人马打招呼。他却假装没有听见,只是微微动了一下尾巴。

我叹了口气。为什么男人都这么小孩子气呢?

我试着改变叫法。

"斯芬克斯。"

半人马咧开嘴,露出了将孤高与天真奇妙地混杂在一起的笑容。从那长发与满是络腮胡子的面庞,我无法推测他的年龄。考虑到那充满恶作剧光芒的眼神和上半身健美的肌肉,说不定他还很年轻呢。他本人自称已经两百岁了,当然这毫无疑问是胡说八道。

如果半人马是机器人的话,那么推测他的年龄当然就只能是愚蠢的行为而已……

"哟,吉尔。"

半人马开朗地回答道,从岩石上一跃而起。瞧这势利的家伙,我都懒得为此感到惊讶了。他应该早就察觉到我的到来了。

"能帮我给塔罗斯带个话吗?"我说,"问他今天能不能到干谷来?我有事情想请他帮忙。"

"哦……"

半人马露出了一个苦笑。同时这苦笑中明显包含的讽刺也让我十分在意。

"你好像有什么话想说呢。"

今天我的心情可不太好哦。

"没有。"半人马摇摇头,却丝毫不打算停下嬉皮笑脸的姿态,"我只是在想,看起来吉尔你也找到好男人了呢。脖子上有吻痕哦。"

"……"

我感到脸上一热,反射性地抬起手挡住了脖子。

半人马放声大笑起来。我被他摆了一道。要找到比这个半人马更不正经的家伙可是件难事。

我慌慌张张地想要从半人马面前逃走。

"等一下。"半人马的声音从我身后传来。

我停下脚步,因为那声音里有一种让我不得不停下的刺耳声调。

"你离开这里的日子也快到了。"半人马的表情突然变得十分严肃,"差不多是时候该考虑一下了。"

"……"

我一时间没能理解半人马的话。这话也太过唐突了,而且我究竟该考虑什么啊？

"你因为失忆，所以至今没有任何疑问地接受了所有事情。"半人马继续说，"但是……你真的认为，像塔罗斯那样完美的机器人是能够存在的吗？可能会有像我这样的人存在吗？你难道就没想过，疯掉的其实并不是你，而是你居住的这片土地？"

真是我想也没想过的话。我突兀地觉得自己无依无靠，仿佛地面正在一片一片地崩塌。

"这是什么意思……？"我茫然地低声道，"你想说什么？"

"给你出个谜题而已。"半人马的表情又恢复成了那副笑嘻嘻的模样，"毕竟我可是斯芬克斯嘛。"

虽然我意识到自己的行为是对朋友的背叛，但对于背叛可能带来的结果没有特别担心。因为我知道，不管肯是多么优秀的猎人，仅凭来复枪的子弹是绝对不可能打败塔罗斯的。恐怕连在那合金胸膛上留下伤痕都做不到。

如果没有这种确信，那不管我有多爱肯，也绝不会帮他把塔罗斯叫到干谷里来。我虽然是一个愚蠢的女人，但还没有蠢到会把朋友送上死路。

我反而更担心肯的生命安全。遭到肯袭击的塔罗斯一旦发怒，结果是显而易见的。肯必然会落得个五马分尸的下场。因为我曾经见过塔罗斯仅凭一只手的力量就将大树推倒的一幕。

但我有自信，只要努力劝说，我一定能够平息塔罗斯的怒火。毕竟一直以来塔罗斯都很迁就我。

这样一来，我应该就可以同时保全恋人和朋友了。

应该是这样才对……

——太阳已经升到了天顶。

灼热的阳光下，干谷就像是巨兽的脊梁一样。那成片雪白的粗糙岩块堆积而成的地貌，完全不像是人类可以居住的地方。

我和肯藏身在悬崖半中央。突出的岩板给我们提供了一个刚刚好的露台，距离谷底不到二十米的样子。

肯已经对我的来复枪失去了兴趣，大概是觉得狩猎还是用自己习惯了的枪更好吧。那把枪上所有不必要的装饰都被摘掉了，让人不由得联想起肯毫无赘肉的身体。

但是不管怎么精悍，枪也只是枪而已。我不认为用枪就能打倒塔罗斯。

"你真的觉得用来复枪就能够打倒塔罗斯吗？"我向肯问道，说出口后才发现自己的声音中居然略微包含了一种类似嘲笑的口吻。

"不……"

意外的是肯摇了摇头。

"咦……？"

"我可没认为光靠来复枪就能打倒塔罗斯哦。"肯露出了雪白的牙齿，"其实今天早上你出去的时候，我在对面的悬崖上用火药设置了陷阱。从这里看过去，就在正对面的位置。"

"……"

我感到自己的脸失去了血色。干谷两翼的悬崖最宽的地方也不到三十米，凭着肯的射击技术，应该是不可能打偏的。但是，如果悬崖半中央发生爆炸的话……

"不管塔罗斯是多么强大的机器人，被几吨重的岩石压住的话，也会粉身碎骨的吧。"肯用愉快语气说道。

我想要大叫。我不能就这么坐视塔罗斯毁灭。我几乎是下意识地就要站起来，但肯却更用力地将我拉了回来。

"别动。"肯严厉地说，"塔罗斯来了。"

5

干谷在视野里呈现出一个完美的"V"字形,对于试图伏击的人来说,是非常理想的视野。身在悬崖崖壁上,谁进到山谷里来都一目了然。

况且塔罗斯的身体还如此巨大。那散发着青铜色光泽的身影,肯根本不可能看漏。

塔罗斯缓慢地前进着。他真是电子工学的完美艺术品。在大大小小的岩石块堆积的谷底,他以机械不应有的稳健步伐前进着,让人联想起奔赴战场的战士。

肯看起来像是完全变了个人。他身体紧绷,全身仿佛有高压电流窜过一般，表情也变得像个坚毅的猎人。他把枪托固定在肩膀上，如雕塑般保持着蹲射的姿势。只不过准星瞄准的不是塔罗斯，而是对面的悬崖。

塔罗斯距离我们已经不到五十米了。用不了一会儿，肯的来复枪就会吐出火舌。悬崖上的爆炸势必会引发无数岩石崩落，将塔罗斯埋起来。

我绝无法容忍这种事情发生。塔罗斯长期以来一直都对我非常友好，而我却以背叛来回报他。这一次，我将背负一生都偿还不了的罪恶，这就是我的下场。

塔罗斯还在继续前进。

我感到全身被强烈的灼热感所包裹，仿佛大脑中燃烧着炽白的火焰。我甚至没有意识到自己在做什么，就从喉咙里爆发出一阵大喊。

"塔罗斯！别过来！"

几乎就在我叫出声的同时，来复枪也咆哮起来。

干谷里窜过一道闪光，爆炸声仿佛能震动地轴。就好像有一枚巨大的楔子打入了悬崖，崖面瞬间龟裂。岩石在片刻间膨胀开来，紧接着就引发了剧烈的爆炸。

岩块如同瀑布一般朝着干谷激烈地滚落。山谷仿佛用尽全身力气在怒吼。我的视野被大量的尘埃完全覆盖。

我已经连叫喊的力气都没有了，只能呆呆地看着爆炸的惨状。我的警告似乎对塔罗斯毫无用处。就结果而言，我并没能改变害死塔罗斯的事实。

"搞定了！"肯的声调不由得高昂起来，"我赢了……"

肯的愿望达成了。如此一来，他就可以获得英雄猎人的地位了。我虽然憎恨这种自私，却依旧无法憎恨肯。

"我应该说恭喜吗？"我用干涩的声音说道。

肯转头看向我。那是一种看陌生人的眼神。

"你是打算向'爱'报信吧。"肯说，"你是打算背叛我吗？"

我背叛的不是肯。肯不应该使用"背叛"这个词。

就在我准备如此回答时，肯却突然发出一声惊叫。他的表情变得异常僵硬，眼中早已没有我的影子了。

我想知道肯究竟在惊讶什么，便顺着他的视线看过去。我没有叫出声，因为数倍于惊讶的喜悦正在我心头涌起。

在逐渐平息的尘埃中浮现出一个巨大的身影。堆积如山的岩块上，塔罗斯一跃而起。他那合金胸膛虽然有些脏，却连一丝擦伤都没有。

我从未体验过如此至高无上的喜悦。一定是我的叫喊为塔罗斯提供了足以避难的时间。也就是说,我没有背叛朋友。

"结果变成这样了啊。"肯用一种奇妙的平静声音说,"唉,没办法。"

察觉到那句话的含义后,我反射性地伸出手去,但手指却只抓到了空气。这时候肯已经开始顺着悬崖往下而去了。

"肯,回来!"我叫道。

但肯却连头都没回一下。他慎重地选择着下脚的地方,脚踏实地地顺着崖面下降。那宽阔的后背对我表明了彻底的拒绝。

很明显肯是打算继续和塔罗斯战斗下去。而且塔罗斯也毫无疑问将会应战。

我追在肯后面,叫着——

"肯!"

"塔罗斯!"

可我的叫声是如此的无力。明知这样,我也只能继续叫喊下去。

"肯!"

"塔罗斯!"

肯的身体如同弹簧般跳向一侧。

来复枪不断吐出火舌,枪声像铆钉一样打入耳膜。山谷里回响着嗡嗡的回声。

肯的射击无比精准。每一发子弹都准确命中了塔罗斯,在塔罗斯的胸口上击发出红色的火花。

然而,区区子弹对塔罗斯并不管用,甚至不能让他的身体动摇分毫。塔罗斯的巨体看起来就像是一块沉重的磐石。

但肯没有胆怯。他看准机会调转来复枪,用枪托大力砸向塔罗斯。然而这只能说是有勇无谋的行为。塔罗斯只是挥了挥手,肯的身体就飞了出去。真是一点儿夸张的成分都没有。

肯趴在地上痛苦地挣扎着,刚刚的一击毫无疑问折断了他的骨头。

塔罗斯缓慢地向他走去,准备给他最后一击。以塔罗斯的力气,要将肯五马分尸也是轻而易举。

　　我的心也裂成了两半。一半给了塔罗斯，另一半则疯狂地想要救肯。

　　希腊神话里的青铜人塔罗斯有个致命弱点。不知为何，我确信这个弱点在现实中的塔罗斯身上也是共通的。只要说出这个弱点，肯应该就能活下来，但这同时也意味着塔罗斯的灭亡。我被迫要在肯与塔罗斯之间做出非此即彼的选择……

　　我爱肯的心最终战胜了其他感情。

　　"打脚踝①！"我叫道，"那是塔罗斯的弱点！"

　　肯以敏捷至极的行动回应了我的叫喊。他在地上飞快转了半圈，从一个极低的位置发射了来复枪。

　　烧灼的弹道连接了来复枪和塔罗斯的脚踝。塔罗斯踏出一步，发出咔咔的声响，这让我不禁想到，他的确是个机器人，接着——他身体僵直地倒向了地面。沉重的地鸣一直传到我身处的位置。

　　这结局来得是如此仓促。我只能呆呆地站在原地——希腊神话里，青铜人塔罗斯只有脚踝还残留着肉体②，而这也是

----

　　①塔罗斯的弱点一说是膝盖，一说是右脚。

　　②另一种说法是，塔罗斯由青铜铸造，只有一根血管，其中有灵液，末端以铜钮掩饰。

其弱点的来源……但是,基于电子工学制造的塔罗斯为什么会有同样的弱点呢？这也模仿得太过了。

在这一瞬间,我才终于清楚明白地理解了半人马的话——你难道就没想过,疯掉的其实并不是你,而是你居住的这片土地……

肯摇摇晃晃地站起来,仔细打量了一番塔罗斯的身体,然后爆发出一阵大笑。他一直笑,一直笑着,仿佛会永远笑下去。

我伫立在极度寒冷的空间里,仿佛有另一个极端异样且伶俐的自己钻进了身体——被压抑的记忆从意识的深渊之地爬了上来。

我想起来了,以前也发生过同样的事情。

我杀死了我的亲生父亲。我让两辆油罐车在停车场待机,等父亲的小汽车一进来就立刻将他压扁了。因为我想得到他的遗产。

我的恋人是个没出息的男人。他过于热衷赌博,在公司的账务上制造了巨大的漏洞。他哭着求我帮他填补挪用公款的漏洞。一旦挪用公款的事被发现,他就将遭到法律的制裁。

　　我没有能自由支配的钱,除了我父亲的遗产。他向我提出了一个可怕的计划。我被迫在父亲和他之间做出选择。我选了他。

　　但在父亲死后,发生了让我难以接受的事情——他爱上了其他女人,还找借口说是因为他无法忍受杀死自己亲生父亲的女人。我无论如何都无法原谅他,所以,所以……

　　我静静地迈出脚步。或许我已化作了异样的存在。交错的命运丝线正急速地将我与希腊神话中的某个女人拉近——美狄亚公主……

　　我捡起来复枪。

　　我瞄准了肯的后背。

　　肯还在大笑。

　　我扣动了两次扳机。

　　肯已经不笑了。

　　——所以,我杀了他。

　　来复枪从我手中掉落。在我体内,各种记忆正在互相角力。但就算记忆如洪水般泛滥,我的内心却仿佛被深深的虚无感贯穿。

撞击之岩石的意义此时终于变得明确起来。我的生活正是美狄亚公主的一生[1]。美狄亚因为爱上了伊阿宋，背叛了父亲，甚至杀死了她的亲生弟弟。明明她如此地爱伊阿宋，但那个男人却移情别恋了。于是美狄亚起誓要向男人复仇……

我终于明白了，美狄亚公主心底有多么希望自己从来就没有遇见过伊阿宋。干脆他们一早就被撞击之岩石压扁，整条船都沉没的话就好了……

"假的！"我尖叫起来，"这个世界全都是假的！"

但我的尖叫甚至没能激起一丝回音，就徒劳地被山谷吸收消失了。就算取回了记忆，也仍旧改变不了我是个无力的女人。

"你说什么是假的？"

从我背后传来一个沉稳的声音。我回过头，映入眼帘的是矗立在岩石突起上的半人马的身影。

"你说什么是假的？"半人马又重复了一遍。

"全部都是。"我哭起来，"为什么我非得经历美狄亚的一生？为什么会有塔罗斯？为什么会有肯？为什么会有你？这

---

[1] 在《阿尔戈英雄纪》中，也是美狄亚影响了青铜巨人塔罗斯，让伊阿宋和英雄们得以打败塔罗斯，取得金羊毛。

种世界不可能是现实。全都是假的啊!"

"别在那儿歇斯底里的了。"半人马呵斥道。

"……"

我停止了哭泣,盯着半人马。如今的我只能依靠这个半人马了。

"你已经可以离开这里了。"半人马的声音又恢复了平时那种开朗的声调,"现在去做前往亚马孙的准备吧。"

"亚马孙?"

"没错,去见亚马孙的'德塞森特'。"

"那是什么?"

"见到'德塞森特'后,你的疑问应该全都能得到解答。"

"但是……"

"快去吧。"

就像是被半人马的声音推搡着,我往前迈了两三步。没错,为了能解答这个疑问,不管是亚马孙还是哪儿我都应该去。反正杀了肯的我已经无法寄希望于任何事物了……

我又往前走了几步,然后回头看着半人马。

"再见了,半人马。"

    "都到最后了,你还是不懂啊。"半人马叹了口气,"都说了我是斯芬克斯。"

IV 联想分析 疯狂

インサヌス

1

　　从郁文馆中学的运动场上传来了年轻人的叫喊声。学生们正在愉快地玩球呢。

　　这片区域比我想象的要热闹得多。能听到的不仅仅是学生们的声音。正对南侧农田的人力车夫家里传来了夫妇吵架的对骂声……此外还有二弦琴优雅的旋律，像是为这些声音在伴奏一样，不断流淌。

　　农田散发着柔和的光芒，里面种的应该是茄子和黄瓜。粪肥的臭味迎面扑来。光脚踩在松软土壤上的感触让我有种奇妙的怀念感。我已经有好几年都没有直接踩在土地上了。

我在树篱周围徘徊了一阵子。算是侦察敌情吧，毕竟要直接进入他家，多少还是让我有点儿顾虑。

但是——我也不能一直犹豫不决。下定决心后，我钻过了树篱的空隙。

院子十分宽敞。正对宽敞院子的则是延绵的外廊，用抹布擦得很干净。

我跳上外廊。我有些惊讶，没想到自己的身体是如此轻盈。我踮起脚，走进屋里。

我感觉不到屋里有其他人的气息。女人们大概去购物了，孩子们则是去上学了。幸好孩子们不在家。要是让小孩看到我，他们肯定又会喧闹起来。

我飞快地穿过六叠①的起居室和八叠的客厅。

最终，我抵达了门厅。门厅旁边的六叠房间应该就是他的书房，静悄悄的，一点儿声音都没有。看来要确认他在不在家，只能由我先开口了。

我暂时返回走廊。因为我知道正对门厅的纸拉门被书架挡住，是打不开的。然后我深深地吸了一口气，发出了力所能

---

①日本的面积单位，指一张日本榻榻米的大小。地域不同，其具体大小也有差别。

及的最响亮的叫声。

鼻子下面留着胡须的中年男人心不在焉地探出头来。一看到我,他就皱起眉头,露出不耐烦的表情。

"真是吵死人了……"他——夏目漱石说。

我则回了句:"喵。"

——也许我应该按顺序从头讲起。

我是三天前抵达 K 市的。我不是为了观光而来到这里的,而是受到了警视厅的派遣。不瞒你说,我的职业是"联想分析刑警"。

不管怎么看,K 市都是个与观光地沾不上边的城市。这里与东京大都会圈邻接,就是所谓的学园都市——如果引用 K 市旅游指南中的一节,便是"供悬铃木树荫下的年轻人们互相谈论人生"的城市。虽然实际上大部分年轻人都更热衷于在悬铃木的树荫下卿卿我我,但对这种程度的偏差就还是睁一只眼闭一只眼吧。

K 市拥有八所综合性大学,学生的人数应该超过了五万。考虑到全市人口还不到八万,大学之于这座城市而言究竟有多么重要也就不言而喻了。

换句话说,K市是一座清净的城市。虽然偶尔也有脱缰的学生干些蠢事,但他们的动静甚至还不如猫打架吵闹。所以警察在这座城市里都闲得没事做。

但是——不管城市原本有多和平,一旦有职业杀手入侵,情况就会发生翻天覆地的变化,警察们也不能悠然自得地打哈欠了。视情况而定,有时还得向中央申请"联想分析刑警"的支援才行。

总而言之,这个支援就是我。根据情报显示,赶巧不巧,在这座清净的学园都市里到处转悠的杀手是为"组织"卖命的。习惯了无所事事的当地警察当然无法自行解决。

而命运结合态(Schicksal Combination)则是万恶之源。这里赶紧给大家加个注释,命运结合态其实是某所大学里某台电脑的名字。也许有人会觉得用命运结合态作为电脑的名字无疑太夸张了吧。但如果我说这台电脑的拥有者是守旧的落后于时代的文学部,或许你就能接受命运结合态这种名字了吧。

此外,命运结合态这个名字还能很好地说明这台电脑的功能。而要说明命运结合态的功能，就应该让我的朋友——江木麻理子小姐登场了。

麻理子是我自高中时代的朋友。对于我多达七次的求爱，这位勇猛果断的女性连续拒绝了七次。这七次里我方受到的战伤包括嘴唇被咬两次，脸颊被抓三次，两腿之间被踢两次……

她的眼瞳是如此的清澈明亮，长长的头发、优美的胸部和腿都无可挑剔。可就是这样的女人，却偏偏热衷于电脑科学什么的，你不觉得这简直就是对人生的亵渎吗？至少我这么认为。

所以，当见到受K大文学部嘱托负责管理命运结合态的麻理子时，我直接就问："今晚要和我上床吗？"

"滚……"麻理子含笑回答。

"喜欢野性的吗？"我改变了战术，"那么，小姐姐，跟我来一发如何？"

"你到这座城市是来干什么的？"麻理子提醒道，"不是来调查事件的吗？你说想要询问具体情况，我才专门放下工作请假出来的哦。"

"刑警也是人啊。"我鼓起腮帮子,"也想和喜欢的姑娘干点儿什么啊。"

我和麻理子肩并肩走在K大校园里。不断飘落的秋叶让年轻女性显得更浪漫迷人。本应如此才是,但凡事都有例外。最可恨的是,麻理子正好属于这种例外。

"你好歹是个联想分析刑警对吧。"麻理子说,"难道不是福尔摩斯光荣的接班人吗? 应该一眼就能看出来我对你根本就没意思吧。"

"有一天,华生从楼梯上走下来,正在吃早饭的福尔摩斯只抬头看了一眼,就说:'华生,你今天穿着红色的内裤呢'……"我决定给她讲个我们联想分析刑警最喜欢的故事,"华生大吃一惊,叫起来:'福尔摩斯! 你怎么知道?'福尔摩斯心平气和地回答:'很简单,你忘记穿外裤了啊'……"

麻理子发出清澈的笑声。那是我一心想要得到却始终无缘的笑声。我突然意识到自己的年龄。二十七岁,要恋爱也算不上很年轻了。

"行了,差不多该谈工作了。"我说,"我可不想被人指责拿着纳税人的钱不干活呢。根据我们得到的报告……已经有三个人因为受命运结合态牵连而遇害了，没错吧？"

"三个人都是优秀的硕士生。"麻理子点点头，"在与命运结合态接触之后，三个人都自杀了。分别是跳楼、上吊、服毒。你说，根据他们选择的自杀方式，是不是也能看出来那个人的性格呢？"

"据说服毒的人总是会后悔哦。本以为是轻松的死法，结果却十分痛苦……"

我洋洋得意地说起职业相关的专业知识。这是男人为了获得心仪女人的尊敬时常用的手段。但我的计划却一次都没有成功过。

"毕竟跳楼和上吊之类的根本就没有时间让人后悔，和服毒进行比较本身就很奇怪。"麻理子的反驳十分在理。

"确实……"我只好让步了，"哎，还是先不说这个了。其实服毒的第三个学生才是问题所在。他是组织高层中某人的儿子。那个高层难过得不得了，说自己的儿子没有理由会自杀，肯定是有人逼死他儿子。还说'绝对不能让那家伙活着'什么的。

"于是组织就派了一名杀手来……而我们警察则是尽可

能避免事情搞大。所以想赶在杀手行动之前弄清楚学生们自杀的原因。

"嗯……命运结合态啊。这台电脑究竟是用来做什么研究的？所谓接触又是指的什么？"

麻理子没有立刻回答我的疑问。大概是走累了吧，她一脚踏进草坪，轻轻坐了下来。

那条黄色的裙子就像是南国的花朵，在秋季草坪的衬托下猛烈地燃烧着。鲜艳得甚至让人有些晕眩。

我也在她旁边坐了下来。一瞬间，我甚至有种回到了学生时代的错觉，让我差点儿忘记自己问了什么问题——可以说是愚蠢的伤感吧。对于联想分析刑警而言，伤感是禁忌，因为这会降低自己的洞察力。

"应该说命运结合态是一个人格吧。"麻理子说，"也许将其定义为一场人生更为准确……将某个人的生理、性格、才能、家庭、交友关系等数据都尽可能完全地收录进去。你明白吗？"

我诚实地回答了她。也就是说，不明白。

麻理子好像突然一下子来了热情。不管是谁，在说起自己感兴趣的话题时都会产生无与伦比的喜悦，那是堪比身处天国般的快乐。

"好吧。"麻理子兴趣盎然地说，"我就用你也能听懂的方式来说明一下好了。"

但非常遗憾的是，我这个关键的学生却缺乏求知的欲望。她的话都变成了我的耳边风，毕竟我正忙着欣赏眼前的景色呢。

说实话，现代物理学、电脑科学的发展早已进入了魔法的领域，根本不是门外汉能够理解的。就算努力试图理解，撑死也只会招致头痛而已。

大概是麻理子终于意识到我的回答都是在敷衍了事，她露出了一个苦笑。

"我是用嘴在说话，不是用腿在说话哦。"麻理子辛辣地说，"不好意思，能不能把你的视线从我腿上移开？"

移开可需要相当的努力才行呢。这世上大概不会有比女性修长的美腿更好看的艺术品了吧。

"看起来跟你讲电脑的话题也没什么用。"麻理子摇摇头，"不管怎么说，命运结合态是一个人格，一场人生，这一点你明白了吧。我的电脑便是真正意义上的与他人的命运结合。

"你知道最近文学研究的流行趋势吗?"

"不……"

和电脑一样,我对于文学也是完全的门外汉。

"就是将文学家的作品从精神病理学的角度进行解读。注意听我说,虽然还有不完美的地方,但我们之所以会训练命运结合态是为了使其成为作家的复制品,我们甚至为其搭建了作家身处的环境。所谓进行接触,就是对"作家"进行刺激。

"这和精神分析医生对患者提出问题是一样的,命运结合态会敏感地对刺激做出反应。我们通过其反应,就可以探索其无意识……

"当然,复制品只是复制品,并不完全代表真实的作家一定会产生这样的反应。但是,考虑到数据的丰富程度,精准度应该是相当高的。"

"接触是通过怎样的方法进行的? 我这么问好像也没什么用呢。"

"外行大概无法理解吧。是将电子工学和精神药理学结合起来的方法……"

"原来如此……"

我不由得感到失落。联想分析刑警绝不是傻瓜能够从事的工作，至少也要求IQ值达到排名的前百分之十五才行。但就算是这样优秀的联想分析刑警，在麻理子面前，也显得不堪一击。

"也就是说，那些为了对命运结合态进行刺激而接触的学生们，全都自杀了。"我摸了摸下巴，"怎么说呢？有没有强力反对你们研究的人？"

"这个倒也不是没有……"麻理子变得有些含糊其词。

"我想知道那个人的名字。"

我露齿一笑。到了这种时候，果然还是刑警更能大显身手。这次该轮到我满足自己的职业自尊心了。

在得到必要的情报后，我从草地上站了起来。本来我想将这些无聊的刑警事务抛诸脑后，转而与麻理子共享晚餐。但很遗憾，很快就要到职务评定的时期了。

我正要离开，却突然回头问麻理子："你喜欢我吗？"

"这个嘛……"麻理子的表情熠熠生辉，"答案我暂且保留，但至少不讨厌吧。"

"也就是你已经有不作保留地喜欢上的家伙了?"

"……"

麻理子没有回答,只是用那双大眼睛注视着我。

我只得撤退。记录更新,这是我第八次失恋了。

麻理子和我同岁。没有一两个喜欢的人才不正常。

2

趁这个机会,我想更新一下大家对刑警这个职业的认识。不知道是出于什么理由,刑警的装扮自20世纪30年代的芝加哥以来,就没有发生丝毫的变化。

如果引用流行小说里的描写,大概是这样的——

这个男人高竖着风衣领子,费多拉帽深深扣到眉沿,在街上笔直地行走着。他有着锐利的目光,脸上露出如同饥饿猎犬般的表情。"犯人毫无疑问是个左撇子、脸上有伤的男人","凶器是四八口径,夫人,正是你的手枪呢"……这不正是漫画里的狄克·特雷西①吗。

实际上，明明知道这种刑警根本就不存在，但大众依旧忘不了对刑警的这种刻板印象。可谓是浪漫英雄故事的主角呢。最后，逮捕了犯人的刑警心中怀着一抹空虚，在下着雨的城市里消失无踪……

真是胡扯啊。所谓刑警，其实就是一介公务员。其日常生活被单调乏味的杂事所占据，就这一点而言，和一般公务员之间没有丝毫不同——更何况现代是组织化的时代。除开强奸之类的单纯犯罪，犯罪本身带有相当明显的组织化倾向。至于组织，则和大部分企业没有什么区别了。

正好机会难得，我就再对组织进行若干说明——将组织和黑手党之流看作同一类东西的话，恐怕会招致误解。组织不是犯罪者们的集团，而是成功将犯罪企业化了的人们的集团。可以说是经营犯罪的企业。

因为死刑全面被废除，犯罪的性质也产生了巨大的变化。如今，犯罪摇身一变，成了"互利互惠"的商业活动。资本

①《狄克·特雷西》(Dick Tracy)是一部美国的长篇连载漫画，描绘虚构人物狄克·特雷西——一个智勇双全、枪法奇快神准的天才警探——与形形色色的歹徒斗智斗勇的传奇故事。电影在国内被译作《至尊神探》。

投入、收支计算、市场开拓——在这些步骤下完成的工作,和一般企业也没有任何不同。就算是杀人,也是在缜密的计算下进行的。

必然的,警察的工作也就不得不随之改变性质,从逮捕犯罪者逐渐将重点转移到了犯罪预防。类似于某个时期的公害调查员的工作。而我们联想分析刑警则在犯罪预防上发挥了很大的作用。

不管怎么说,刑警这个职业本身几乎没有危险。关于逮捕犯人的业务也被看作是某种双务合同,可以说完全不会招致麻烦。若不是这样,像我这样懦弱的人也不可能从事刑警这样的工作。

于是,我开着单人车,前往名叫野木崎雄三的男人居住的公寓。根据麻理子的说法,野木崎似乎是以反对家而成名的人,简单来说就是不管什么都反对的人。进行反对,组织团体,上街游行……要是再早些年,也许他还能获得相当程度的关注,遗憾的是时代已经变了。现在这个时代,野木崎这样的人也只能当个小丑。

理所当然的,野木崎对命运结合态也发表了反对的意见。说这种研究的目的是将文学进行体制管理什么的,闹得还挺厉害。真是个傻瓜。借用麻理子的话来说,只是个"一辈子都与文学沾不上边"的男人,将命运结合态作为噱头一个劲儿地乱吠而已。

很难想象野木崎会与三个学生的自杀有关联。但是麻理子也想不出来还有谁会对命运结合态抱有敌意。至于我,除了先见野木崎一面之外也没有其他调查方法了。

刚刚也说过了,马上就要到职务评定的时期了。

据说野木崎也是三十好几的人了,现在却依然在某大学吊着学籍。可以说他的确是个天生的不满分子。听起来也不像是个见面会很有趣的人……

野木崎住的公寓过去曾是学生宿舍,所谓舒适的单身套间。但漫长的年月已经彻底腐蚀了当初的高级学生宿舍,现在用废屋来形容也许更为恰当一些。

野木崎的房间在七楼。除了令人恼火之外我别无他感。电梯也不能用。

带着满腹牢骚,我开始爬楼梯。适当的运动有助于身体健康。话是这么说,但果然还是要看条件的。爬这种非常容易垮掉的风化了的楼梯,别说有助于健康了,一不小心搞不好还会丢掉性命。楼梯转角处的窗户也都悉数碎掉了。

在好不容易抵达七楼时,我的肺早已变作了风箱。喉咙因为艰难的喘气而呼呼响着。只有这种时候,我才会羡慕那些四肢发达的刑警。

我很快就找到了野木崎的房间。听说是走廊尽头最里面的房间。我正准备按门铃——然后,停下了手指。

门开了一条大约五厘米的缝。这个时间已经点上了灯,橙红色的光形成的细长条带漏了出来。房间里没有半点儿声音。

成为联想分析刑警的资质之一,就是拥有良好的直觉。如果不能察觉这个房间里已经发生了某些异变,被剥夺联想分析刑警的资格也是理所当然的。

我深深地吸了一口气,然后轻轻地、尽可能不发出声响地推开了房门。不管里面的人是谁,我都不想刺激到他,更重要的是我可没兴趣突然被人胖揍一顿。

房间里有两个男人。一个正在床上熟睡,另一个则以俯视睡觉男子的姿势站在一旁。从年龄上可以很容易地推断,那个正在打呼噜的男人是野木崎。而另一个人则是……

那个男人对于我进入房间的事实没有任何反应。他只是回头看了我一下，那双眼睛里也没有任何感情。我甚至觉得自己的存在已经稀薄得如同幽灵了。

"是刑警先生啊……"男人自言自语般地说。

非常平凡的中年男人。秃头，略有些发福的身体……瓶底一样厚厚的眼镜让他的眼睛看起来比实际更大。褐鼠毛色的西装就像是抹布一样挂在他身上。

"组织的人?"我接过男人的话。

"嗯……"男人点点头。

说起来有点儿惭愧，不过这个毫无风采的中年男人正是组织派来的杀手。过去黄金时代那般一袭黑衣的杀手，现在已经不指望能见到了。虽然还不至于列在电话簿上，但杀手如今是一个收入很高的职业。有传言说组织甚至为杀手设置了老年退休金。不管是什么工作，一旦被编入到日常生活中，也就理所当然地丧失了其浪漫性。

"你用药了?"我冲着床上的野木崎抬了抬下巴。

"嗯……"男人有些拘谨地扭捏着，"那个……我不喜欢使用暴力。我觉得比起拷问,使用自白剂会更和平一些。"

"真头疼啊。"我故意露出更加为难的表情,"自白剂是禁止使用的啊。回头可能会被罚款哦。"

"那个……今年的工作很少啊……"杀手的表情变得悲伤起来,"而且工资又是提成制的。虽然大家一直在交涉要求改成固定工资……但我有三个孩子,物价也一路飙升,生活变得越来越艰苦了。"

"……"

我撇开了头。听杀手婆婆妈妈地讲自己的艰难之处可不是联想分析刑警的工作。规矩就是规矩。就算不这样,警视厅也会收到说年轻的刑警对美女杀手太手软了的投诉。手下留情是干这一行的大忌。

"看来是不行……"男人的肩膀垮下去了,"我知道了。之后请把罚单寄到组织那儿。"

"野木崎好像跟这件事情没有关系吧?"我问,"只是个反对分子罢了。"

"嗯……"男人显得越发消沉了,"简直就是白忙活一场。明明住宿费也没拿到多少,却要从头再来。太难了……"

"你们那里的那个——"我提到了组织高层的名字，"真的认为儿子是被谋杀的吗？根据当地警察的调查结果，毫无疑问是自杀的。"

"你有孩子吗？"

"没……我还是单身。"

"那你大概不会懂，孩子可是非常可爱的哦。"男人眨了眨眼睛，"我要是站在那个人的立场上，也不会相信孩子是自杀的。你也必须要理解所谓天下父母心……"

"我觉得就是自杀……"

"况且又不是传染病，同样立场的三个人接二连三地自杀，这种事是不可能的。"杀手义愤填膺般说道，"警察不能更靠谱一点儿吗？真是头痛啊。都怪你们不中用，市民们才只能担惊受怕地度日，不是吗？"

"……"

我不由得在心里叹了一口气。看来我眼前的这个杀手是个一成不变贯彻职业伦理的人。就算费尽嘴皮子也不能够动摇他的意志——还记得吧，联想分析刑警的主要任务是防止犯罪。实际上，学生们的死究竟是自杀还是他杀，我都毫无兴趣。只要能让杀手中止他的工作，我的任务就算是完成了。

我和杀手开始了商谈。

"能不能在四十八小时之内不到处晃荡？"我提出了要求，"我一定会找出让你上司接受的结论来……需要的话，警视厅那边也可以跟组织打声招呼。"

"四十八小时太难了。"男人摆出一副哭丧脸，"刚刚我也说了，首先差旅费就很少……不够干等两天之后再进行工作。"

"那么，二十四小时。"我的声音里自然多了一分咬牙切齿，"已经是极限了，我也不能妥协更多了。你也要考虑一下我的立场啊。"

"可以的话，我倒希望能让我有工作的机会来着。"男人摇摇头，"哎，没办法。这个世界也靠大家互相帮衬……"

商谈成立了。如果是个难缠的杀手，应该不会这么爽快地就把话谈妥。也算是我走运，虽然不能说十分充足，但是我多少争取到了一些时间。也就是说二十四小时内要定胜负。

哪怕是在我和杀手肩并肩离开房间之际，野木崎的鼾声也一直没有停止。

时间已经五点过了,夜幕开始缓缓降临到大街上。车灯如同流星般拉出长长的尾巴。街上行人们看起来像皮影戏一样缥缈。

就像是梦里的风景。

刚离开公寓,就有一股奇妙的失落感朝我袭来。这时,我甚至都没有发觉杀手已经离开了。伴随而来的还有身体像是陷入无底泥沼一般的寂寞。

只不过是短暂片刻,但我却忘记了自己应该前往的地方。甚至连自己的名字都想不起来。我处于不可思议的意识空白状态。

我摇了摇头,朝着汽车走去。这一定是因为过度劳累引发的轻微精神失调。等这份工作结束后,也许我应该请两三天假……

在启动汽车时,我的脑子里面就只剩下工作的事情了。总之,我打算先去看看三个自杀学生的房间。考虑到时间紧迫,现在可不是担心身体的时候。

这是个很小的城市,三个学生的房间之间的距离自然也不远。看完三个房间应该都用不了一个小时。

前两个房间都没能提供任何有用的线索。光从房间来看就足以推测出学生们的生活有多么严肃认真。根本不像是年轻人的房间，墙上居然一张裸体海报都没贴。地上堆放着成山的书籍笔记，是如今罕见的学究之徒呢。

真没趣，自杀的学生们都没有留下遗书。如果不能从房间里发现点儿什么的话，要找出他们自杀的原因就非常困难了。

看来只能将最后的希望放在第三个学生——也就是组织高层的儿子——的房间里了。

就在我正要下车前去探访最后的房间之际，我差点儿就再度被那种精神失调的感觉吞噬。就如同踏入稀泥一样，让我感到有些站不稳脚。就好像被什么呼唤着一样，我朝着公寓走去。

我明显地感到周围的事物偏离了现实。就好像我在发烧一样，什么都感觉轻飘飘的。我和公寓管理人说明情况的声音听起来甚至不像是自己的。

我有些异常。事后想来，且不论身心的变化，我竟然丝毫没能意识到这种变化，这本身才是最为异常的情况。那时的我居然就那么接受了，仿佛精神失调是再自然不过的事情。

等我回过神来时，自己已经在第三个房间里了。真要说，和之前的两个房间也没太大区别。光是从资料繁多这一点来看，就是典型的学生房间。

窗户大开着，街道已经完全被黑暗所包裹。白色的薄纱窗帘轻轻摇晃着。

在我眼中，那窗帘就像正挥着手召唤自己一般。耳边似乎还有谁在低声细语。这温柔的呼唤，这温柔的臂膀，恐怕无人能够抵挡这诱惑……

我朝着窗边走去，最开始还有点儿犹豫，但接着就加快了脚步……当我将手放在窗框上时，我听到有人大叫起来。

没有人大叫，那是我自己脑海之中发出的尖叫。我膝盖一软，跪在了窗前。

咒缚解除了。

全身上下传来一种难以忍耐的恶寒。我勉强逃出了死亡的黑色魔掌。此时此刻就算我全身止不住地颤抖，恐怕也没有人能够嘲笑我吧。

但为什么？我不禁自问。究竟是什么在驱使我自杀？

我依旧跪在地上，拼命寻求这个问题的答案。虽然非常模糊，但那个答案已经在我的脑海中渐渐成形。

稍事休息后，我离开了那个房间。然后，我直接前往了K市警察局，确认到警视厅并没有发出新指令，随后就给年轻的警官发布了几条指示。

完成所有事情之后，我又给命运结合态所在的研究室打了通电话。通过麻理子的介绍，我向研究室的室长提出了会面申请。对方回答说今晚就有空。

早点儿见面对我来说也正好。与杀手约定的时间只有二十四小时，一分一秒都不能浪费。

"我现在马上就过去。"

我这么说着，挂断了电话。

3

月亮出来了,酷似带血的镰刀。如果我是个迷信的人,今晚一定会放弃外出吧。

大学校园里透出一股诡异的荒废气息。不断飘落的树叶让校园的地面看起来就像是墓地的腐叶土一样。水银灯的寒芒则让视野变得更加阴郁。

一个人都没有。这太诡异了,现在才刚刚过晚上八点而已……

之前那突如其来的强烈自杀冲动如今仍根深蒂固地残留在我的体内。不管看什么都觉得带着一丝凶兆,简直就是抑郁症患者眼中的世界。

我的步伐自然也变得怯懦起来。就如同幼儿一般，徒然地害怕着黑暗。好多次我都想干脆转身回车上去。

突然，一个白色的东西从眼前水银灯的阴影里摇摇晃晃地冒了出来。我的心脏差点儿就从喉咙里跳出来了。

"是我。"白色的东西说。

"是你啊……"

我的声音里似乎带着一丝安心的味道。竟然让麻理子见到自己的丑态，我不由得有些自恼。究竟是什么让我那么害怕啊？

"室长在等你。"麻理子自然而然地靠到我身边，"我觉得研究室可能不太好找，于是就在这里等你了。"

"原来你想和我睡一觉啊。"我用力点点头，"对自己的感情撒谎可不好哦。"

"笨蛋。"麻理子苦笑起来，"你这个人就不会想点儿性生活之外的事情吗？"

"无聊的时候我还是经常思考工作的事情的。代替安眠药的效果可棒了。"

"说到工作……"麻理子的语气变了，"调查得怎样了？找到什么线索了吗？"

"这个嘛，就算是你也不能说呢。"我露出为难的表情，"跟外人谈论调查内容是禁止的。"

这就是所谓的职业虚荣心吧。明明根本就没有找到半点儿值得一提的线索。即使如此，只要是男人，谁都不愿意让心爱的女人觉得自己无能。

"我可不是外人。"麻理子嘟起嘴来，"自杀的三个人可全都是我的同僚啊。我有得知真相的权利。"

"嘘。"我将食指放到嘴唇前，"似乎有什么阴谋在偷偷进行呢。非常可怕的大阴谋……"

我飞快地左右环顾了一圈，最后还假装擦了擦额头上的汗水。这是故作夸张的表演。对于我演技满满的动作，麻理子也一下没忍住，笑喷了出来。

"好吧。我就忍忍。"麻理子一边笑一边说，"反正你就是不想告诉我呗。"

"不好意思，正是这样。"我得意地点点头，"我好歹也是个刑警嘛。"

麻理子带我前往的研究室占据了整整一层楼。接待室豪华得就像是顶级酒店。看起来麻理子工作的这个研究室很受大学厚待。

"你在这儿等着。"麻理子说，"我去叫室长来……"

"嗯嗯，我等你哦。"我点点头。

离开接待室时，麻理子回头冲我笑了笑。那笑容真美，就像是绽放的鲜花。不管是谁，看到那样的微笑后心中都会变得平和吧。

门关上后，接待室里就只剩下我一个人了。我坐在沙发上，身体都僵硬了。麻理子离开之际露出的笑容实在是太美，完全震慑住了我。笑容里面包含的冲击力甚至让我至今为止对麻理子的印象全都变得稀薄起来。我觉得那简直就不是这个世界上应有的美丽。

麻理子的那个笑容是我绝对不会忘记的。那之后虽然我多次希望自己能忘记，但最终还是没能如愿。

有脚步声接近。就好像是在进一步强调大学里几乎就处于是无人状态一样，脚步声里包含着奇妙的空虚声响。酝酿出一种戏剧演出的氛围感。

门开了，进来一个奇怪的人。是个秃顶的瘦削的男人，乍一看难以猜出他的年龄。他的半张脸都被黑色的橡胶面具覆盖，面具上还端端正正地戴着副墨镜。

恶寒一阵接一阵地从我后背上蹿过，简直就像是突然遭遇了梦魇一样的冲击。那男人浑身散发出莫名的邪恶气息，为联想分析刑警敏感的神经带来了强烈的刺激。

"我是这里的研究室室长。"男人用粗哑的声音说，"你是联想分析刑警户田先生对吧？"

"对……"

我就像是个提线木偶一样僵硬地点了点头。两只手掌里已经全是冷汗了。

"麻理子小姐正在泡咖啡。"男人弯腰坐下的同时说道，"很快就会过来和我们一起……据说，关于自杀的学生们，你是有什么想问我……"

"嗯……"

我终于恢复了常态。不管怎么说都应该以工作为先。

我向他解释了 K 市潜伏有杀手的情况，以及为了阻止他，我必须查明学生们自杀的原因……

"原来如此……"男人点点头,"简单来说,也就是有被谋杀的嫌疑,对吧?"

"不……"我摇摇头,"首先,他们是自杀的,这是毫无疑问的。"

"哦,你有什么确凿的证据吗?"

"是直觉。"

"联想分析刑警的直觉是吗……"

男人的口吻里略添了一分揶揄。很明显这个男人对于联想分析刑警并没有好感。从很早以前开始,警察就一直保留着"敌方角色"的不动地位。

"没错。"我直起身,"联想分析刑警的直觉……如何? 关于他们自杀的原因,你有什么头绪吗?"

"要找头绪的话,不是更应该问你自己吗?"

"哎?"

"这完全是我个人的看法……不过你们联想分析刑警也时常受到强烈的自杀冲动驱使,不是吗?"

"……"

　　我哑口无言。这种震惊就像是算命时被说中了心事。就在刚才，我差点儿就从窗户跳出去了。

　　"为什么你会这么认为呢？"我的声音颤抖了。

　　"联想分析刑警的工作会孕育这种危险。"男人以不容拒绝的口吻说，"而这种危险，正好和自杀的学生们有共通之处。"

　　对话既然朝着这个方向推进了，我也算是有义务交代一下联想分析刑警究竟是什么了吧。简单来说，"联想分析"就是将夏洛克·福尔摩斯的方法体系化之后的搜查技术。

　　福尔摩斯先生有多厉害，想必大家都知道。根据袖子上的污渍、裤子的褶皱等微小细节就能准确说出面前这个人的职业、性格。对于福尔摩斯的精准推理，所有读者都不得不拍手称快。

　　系统工程的发展成功地将福尔摩斯的这种方法上升为了严谨的科学。学习已至完美的体系化方法，再加以训练，缩短了联想分析所需的时间……如果仅仅是联想分析，可以说我们联想分析刑警远胜福尔摩斯。

　　假设你正站在我面前。好，给我三十秒时间，我就能判断出你的职业、性格，乃至是否有犯罪倾向。如运气好的话，你的性生活嗜好也不是猜不出来。

但是——谁都没有预料到的问题，却在联想分析刑警们的身上产生了，那就是……

"就是所谓的人格混同。"男人说，"关于人们的精神能量，现在还没有完全解析清楚。经常与他者心灵直接接触，究竟会对人格产生怎样的影响呢……原本应该在彻底探讨这一点之后，再开始着手设置联想分析刑警这一岗位。最近，关于联想分析刑警可有一些不太好听的流言呢。"

"什么流言？"

我不自觉地咬紧了牙关。这个男人的态度可谓充满了明显的挑拨意思。而这种挑拨背后的意图究竟是什么？没弄清楚这一点，让我有些不舒服。

"听说联想分析刑警里也连续有人自杀，不是吗？"

男人像是刻意压低了声音，如同共犯一样的口吻。他的声音里包含着如同用钉子划过玻璃时的那种令人不快的刺耳感。

"的确……"

我只能承认男人的话。今年以来，已经有四名联想分析刑警自杀了。

"你是说联想分析刑警的自杀与学生们的自杀有什么关联吗？"

"没关联。只不过我认为自杀的原因是共通的。"

"是什么原因呢？"

"是人格混同啊。"男人的橡胶面具和墨镜在一瞬间看起来就像是骷髅一样，"你们联想分析刑警因为工作的关系，时常与他者心灵接触。自杀的学生们也通过与命运结合态的接触，与他者心灵融合了……

"我不知道为什么会变成这样，但如果赤裸裸地与他者心灵进行接触，人类的意识就会变得脆弱。无意识会跨越意识阈限而入侵到意识之中。也可以说是意识阈限的下沉。

"意识水平一旦降低，意识就会失去其能量，从而变得衰弱。人就会进入到完全被动的、所谓的'被附身'的状态。久而久之，会变得无法区分自我与他者……

"心理学家荣格为了表现这种状态，使用了'上行性情结'这个词。意识阈限下降，让危险的荆棘——即情结①开始露出

---

①情结（complex），心理学术语，又称情意结或情意综，指的是一群重要的无意识组合，或是一种藏在一个人神秘的心理状态中，强烈而无意识的冲动。

其漆黑的面貌。一般认为情结拥有独自固有的完结性和自律性。对于情结来说，意识是可变的。

"当直接面对情结之际，自我就会崩坏。情结是明显的心之力量。你能想象对于人类来说，最为恐惧的状态是什么吗？是连自己是谁都不知道的状态，是迷失自我的状态……

"你们联想分析刑警，以及那些与命运结合态接触过的学生，接二连三地自杀也正是因为如此吧。毕竟死亡至少能够带来安详……"

令人瞠目结舌的长篇大论突然中断了。男人闭上嘴后的脸看起来更像骷髅了。我的脸庞倒映在他那副墨镜上，显得既小又苍白。

我们就这样干瞪眼了好一会儿。过于紧张的气氛让我感觉喘不上气来，甚至胸口有些作痛。

"你究竟是什么人？"我的声音嘶哑了，"是何方神圣？"

"我是这里的研究室室长响。"男人的嘴唇两端翘了起来，"别激动。我只不过是陈述了一下个人看法……"

很明显，他这番话的目的是为了打击我的势头。的确，他不可能是研究室室长之外的人物。话虽如此……

我长长地吐了一口气，心脏猛烈地跳动着。

"既然与命运结合态接触如此危险……"我终于将声音从喉咙里挤了出来，"为什么还要继续实验？应该立刻停止实验才对。"

"就算要让学生们停手，他们也不会同意的。"男人耸了耸肩，"对于学究之徒而言，这可是非常有魅力的。就连专业与文学史完全不相关的麻理子小姐也开始接触了呢。"

"麻理子她……"

我机械地重复着麻理子的名字，然后才终于察觉到那句话的意思，不由得愕然。

强大的压迫感重重抵住我的胸口，令人汗毛倒竖的想象化作恶寒窜过全身。我从沙发上一跃而起，此时我肯定已经面无血色了吧。

"麻理子怎么回事儿？"我呻吟道，"泡咖啡花不了这么长时间……"

等不及男人回答，我已经冲出了接待室。

我不知道自己为什么能找到那个地方。也许我的担忧发挥出了探查器一般的作用。

　　我也不知道自己究竟在麻理子身边跪了多久。我好像一直在低语着什么，但我也不记得自己究竟都说了什么。是祈祷？是诅咒？抑或是求爱的语言？

　　我什么都不知道。

　　麻理子的死状可说不上好看。用剃刀割腕绝不是什么轻松的死法。所以，我也不记得她死时的模样。

　　告别之际麻理子的笑脸占据了我脑海的大部分。可那让人难以割舍的美，如今却已荡然无存……

　　"原来你想和我睡觉啊。"我低语道，"对自己的感情撒谎可是不好的哦。"

4

我又一次陷入了之前的那种精神失调。就好像被关在厚厚的玻璃形成的牢笼之中，自己从现实里被完全剥离了出来。

这就是精神分裂症患者迟钝且无感的世界。心中只剩一片荒芜，伴随着特有的烧焦荆棘般的灼痛。甚至连选择自杀的勇气也没有留下半分。

已经快黎明时分了。在酒店无味干燥的房间里，我在床上枯坐了整整一晚。

我无法忍受和麻理子待在一起。死去的麻理子已经不再是我爱的那个麻理子了，她变成了一种完全异质的存在。

　　所以,我就这样将自己关在酒店的房间里。感觉就像是自己亲手杀了她一般,我一心只想着从麻理子的尸体边逃走。那是我防止当场发疯的唯一出路。

　　然而,疯狂却正实实在在地腐蚀着我。就像是看着沙漏里的沙子一样,意识渐渐滑落,背后的情结正偷偷露出黑色的面貌。

　　上行性情结,真是巧妙又准确的形容,不是吗?的确,我能清楚明白地感觉到自己正化作其他存在。

　　就像是在水坝上凿出来的小洞。当洞渐渐扩大,最后只会导致水坝全盘崩溃的惨剧。用不了多久,我应该就会完全变成一个废人。

　　突然,已经变成化石的意识被一阵尖锐的电话铃声刺穿。

　　我愣愣地盯着电话看了好一阵子。电话如同警铃一般执拗地持续响着。现实才不管三七二十一,直接入侵了我的意识。

　　我颤颤巍巍地伸出手,拿起了听筒。

　　"喂……"我的声音就像是条老狗般缺乏感情。

　　"不准接近命运结合态……"我听到的是充满恫吓的恐怖

声音。

"你说什么?"

"不准接近命运结合态……记住,我的名字叫作'疯狂(Insanus)'。"

"……"

电话被单方面挂断了。我呆呆地看着听筒。

虽然不知道对方是谁,但这个自称"疯狂"的男人的威胁似乎只起到了反效果。这么做就像是在我已经如止水的心中丢下一枚石子,只平白无故地掀起波澜,真是愚蠢的行为。

我感觉自己再次回到了现实。事件还没有得出任何结论。三个学生……以及麻理子的自杀,究竟是因为什么造成的,还没有得到完美的解释。

那个奇怪的研究室室长的话,作为一种意见当然是值得倾听的,不过身为刑警,我确实有义务去实际证明这一点。光凭"上行性情结"这么一个单词就接受所有事情是不行的。首先,那位杀手就不可能满意这种结论。

我离开床边,站了起来。这次事件后我大概会辞职吧,不过现在我还依旧是联想分析刑警。

K市警察局是一幢华美的两层建筑。那伶俐的外观恐怕与人们对警察抱有的印象大相径庭。不过K市警察也只有处理交通事故之类的工作，没必要把办公场所弄得那么威严。

刚踏入建筑，我就察觉到了一种莫名其妙的异样感。我感觉自己不应该出现在这里。

当然，世上不可能有刑警会不该来到警察局，所以这大概是上行性情结引发的某种错觉吧。麻理子的死亡带来的巨大冲击毫无疑问也同这种错觉有关联。

然而，当我出现的一瞬间，警察之间的确泛起了一种微妙的紧张感。坐在交通科、投诉科窗口里的警官们明显害怕与我产生任何视线交集，只是偏执地用手翻着根本没有记载任何东西的空白文件。

将这也归结为心理因素作祟就有些说不过去了。明明昨天我露面的时候，警官们还都一个个地冲我微笑呢。难道只不过短短一晚上，我就变成了某种要忌讳躲避的存在了吗？

的确，痛失麻里子让我产生了致命性的衰老，但我不认为这与警官们态度的一百八十度大转弯有什么关系。

这种感觉就像是自己正要一脚踏入万丈深渊一般。凭借至今为止的经验，我知道自己身为联想分析刑警在这种时候获取的直觉都是值得信赖的。眼下也许暂时离开比较好。

但是——

"局长叫你去一趟。"

既然有年轻警官这么对我说了，我也不可能就这么离开警察局。我只能不情愿地跟在那个警官后面。

在走进局长办公室的同时，我察觉到自己落入了圈套。但要回头也已经来不及了。

四下都看不到局长的影子，只有四个身强力壮的刑警。他们的眼神也不是看同事的眼神，而明显是看嫌疑犯的眼神。

并且全体都装备有手枪枪套，显得十分大张旗鼓。

"怎么回事？"我环顾了一圈众人，"出了什么事吗？"

"你的目的是什么？"一个刑警反而朝我发问。

"咦？"

"我问你的目的是什么？"

"这是什么意思？"

　　我陷入了极端的困惑之中。实际上,我根本就不明白这个问题究竟意味着什么。

　　"就在刚才,警视厅下达了通知。"另一个刑警刻意压低声音说,"没错,为了查明学生们的自杀原因,他们的确向K市派遣了联想分析刑警,但那个刑警却不是你……"

　　"究竟是怎么回事?"我的声音颤抖起来。

　　"所以说,你是个冒牌货。真正的联想分析刑警在来的路上,头部遭到了某人的强力殴打,被发现时还昏迷不醒。"

　　"这太荒唐了……"

　　我哑口无言。感觉现实在一瞬间突然变得扭曲,随之又突然换作一副噩梦般的凶煞面貌。

　　"确实荒唐。"最开始说话的那个刑警像是演戏般夸张地耸了耸肩,"你竟然打算欺诈警察。行了,你也差不多该放弃了,老实交代你的目的是什么。"

　　"我毫无疑问是联想分析刑警啊!"我的声音听起来一定很像是惨叫吧。

　　"曾经是——"另一个刑警说,"直到一年前。不知为什么,你当时打算自杀,之后就一直被收容在精神病医院里……

据说,半年前你逃出了医院,之后的行踪无人知晓,直到你突然这样出现在我们面前。"

"……"

强烈的冲击让我觉得全身的血液都要逆流了,光是站立就已经十分困难。

那个刑警的话是正确的。精神病医院那灰色的墙壁伴随着压倒性的力量感朝我脑海逼近。被铁栅栏切割的天空无论何时看来都是那么的阴郁。没错,我的确有段时间是住在精神病医院里来着……

现在,我想起来了。如果全盘接受刑警的话,那之后,我应该是从医院逃走了。逃走之后……逃走之后的我究竟在什么地方做了什么事情呢?为什么不惜伪装自己,要与命运结合态扯上关系呢?

我仿佛正急速地化作一个卑微的存在。人类在迷失自身过去的时候,必然就会变成一个无力的存在。

"你在谋划什么?"刑警们的恫吓还在继续,"我们听那个年轻警察说了……昨天,你将一盘磁带交给了那个警察。然后还拜托他今天早上给你的酒店打电话,并播放那盘磁带,不是吗？

"明明是你自己录的磁带,还专门让人打电话过去,究竟是什么打算？就是那个说什么不要靠近命运结合态,还有疯狂什么的,录了一堆胡说八道的磁带……"

"……"

那就是说,今天早上打给我的那通电话……我的理性终于发出了刺耳的尖叫。我只感觉到身体在不断陷入泥沼。

任谁都不可能冷静地接受如此怪异的事实吧。我感觉大脑正在燃烧,但与之相反,身体却冷得几乎要麻痹了。

恐怕,我正用最大的音量在惨叫。

为了将我骗进圈套而让我到警察局长办公室来可以说是刑警们的失策。他们应该叫我去窗户上有铁栅栏的问询室才对。

好几条手臂都伸出来试图阻止我猛冲。但是——不管是多么优秀的刑警,想要逮到负伤逃走的野兽还是不可能的。

当刑警们的怒骂声从背后传来时,我的身体已经撞破了窗玻璃。我记得破碎飞散的玻璃碴闪闪发光,十分好看。当然,到底还是不及麻理子的美丽……

实际上,罪犯能够从警察局全身而退地逃走,只有在犯罪故事里才可能。现实既没有那么华丽,也不可能这么紧张刺激。一般都是被刑警伸腿一绊,在地上摔个嘴啃泥这种落人耻笑的结局才对。

从这种角度来说,我已经算是十分走运了。虽然左脚略有扭伤,但不管怎样至少摆脱了刑警们的追捕。

事态既然已经变成这样,那我应该前往的地方也只剩下一个了——K大的命运结合态研究室。

的确,世界已经变化成了奇形怪状的存在。我或许只是因为上行性情结而患上难以治愈的精神病的普通人而已。但我认为所有的异常都是以命运结合态为原点散发出来的。麻理子的自杀毫无疑问,我遭到警察追捕的窘境也全都应由命运结合态负责才对。

不过话说回来,我究竟是什么人?

街上下起雨来,就像是起雾一般下起了冰雨。笼罩在雨中的K市如同冥府一样昏暗。

窗户上流动的水纹为命运结合态点缀出千变万化的彩色影子，仿佛正有无数丑陋的蛇在乱舞。集电子工学精华于一身的电脑在影子的衬托下，看起来就像是一座奇怪的祭坛。

我缺乏电脑相关的知识。在我看来命运结合态也不过就是单纯的信息处理装置而已。全息屏幕上，只有心电图一样的光带在不停移动。

虽然我一口气潜入了研究室中，但在命运结合态面前，我却显得如此无力。我无法判断究竟应该从哪里着手。我感到焦躁不已，就如同面对锁上的保险柜一样。

研究室里没有人这一点让我始终觉得不太对劲，简直就像是有人在专门配合我入侵一样。

我束手无策，只能傻站在命运结合态前面。连绵不绝的雨声听起来就像是在嘲笑我的无能为力。

"你果然来了呢。"

突然，背后传来一个声音。

我回过头，映入眼帘的正是那个研究室室长。他站在门口，在逆光中我只能看到一个剪影，带着极度不祥的气息，让人联想起恶魔。

"'果然来了'是什么意思?"我回答的声音意外的平静,"你知道些事情。不,你究竟是什么人?"

"我的真实身份无所谓吧。"研究室室长摇摇头,"最紧要的难道不是弄清楚你自己是什么人吗?"

"你知道我的真实身份吗?"

我的声音变得极为嘶哑。的确,如果能得知自己是什么人,我会毫不犹豫地将灵魂都出卖掉。

"亚马孙的'德塞森特',你还记得这个组织的事吗?"研究室室长的声音依旧平静,"你是那里派遣过来的,为了破坏'疯狂'……"

"'疯狂'……"

"就是这个命运结合态。在'德塞森特',命运结合态被称作'疯狂'。"

"'德塞森特'是怎样的组织?"我的嘴唇止不住地痉挛着,"为什么我非得是那个组织派遣来破坏命运结合态的? 更重要的是,你为什么会知道这种事情?"

"这些问题只能靠你自己去寻找答案。"研究室室长没被我的兴奋感染到半分,"不管怎么说,人类总是要不断自问才行……'疯掉的究竟是这个世界，还是你自己？'"

男人更用宛如预言般的魄力留下的这句话远远压过了雨声，在研究室里回响。

"……"

我意识到自己正与自己的意识阈限下的深层心理正面对峙，正处于奇妙的混乱状态。的确，我以某种形式和叫作"德塞森特"的组织有着关联。接受那个组织的命令，前来破坏命运结合态似乎也并非完全不可能……

但一切都深深沉没在意识阈限下。如果真有破坏命运结合态的命令下来，那也毫无疑问是对深层心理产生效力的种类。就在不久前，我还相信自己是现役的联想分析刑警，对此没有产生过丝毫的怀疑。

事到如今，昨天突然袭击我的那种自杀冲动，究竟是伴随联想分析刑警的职业病导致的，还是对投入意识阈限下的命令产生的抵抗呢？我无从判断。我变成了一个无法判断任何事情的人类。

唯一清楚的是，与麻理子的相遇在我的意识阈限下产生了微妙的不协调。我一定是在得知麻理子对命运结合态的热情之后,才因为她而不想破坏命运结合态的。在困惑混乱之中,我制作了那盘奇怪的磁带,专门让年轻警官给自己打电话,搞这么复杂也一定是因为意识阈限下完全相反的两股意识相争斗的结果吧。

但归根结底,我究竟是什么人?

"命运结合态现在在进行谁的研究?"我抬起头问。

"夏目漱石。"研究室室长回答。

我感觉脖子根上的汗毛都立起来了。一种不可名状的胆怯。我切实感觉到自己正准备踏上没有回头路的旅程。

"请让我与命运结合态接触。"我说,"我相信这么做一定能弄明白一些事情。"

5

我生存在与现实不同——通过暗喻与象征构成的命运结合态的时间中。

时间的流逝缺乏连续性。就好像是看延时摄影的电影一样。短短一瞬间,时间就会使情况产生变化。

这是个扁平且没有阴影的奇异世界。风景就像是舞台上的背景板,里面的人们动起来时也像是人偶一样磕磕绊绊。这是被夏目漱石的意识过滤过一次的世界。对他人而言难以适应也是理所当然。

命运结合态不是玩具,其研究对象之所以选择了夏目漱石,也不仅仅是因为他是日本最受欢迎的作家而已。命运结合态的开发目的是从精神病理学的视点出发解读文学作品。所以理所当然地,在研究夏目漱石之际,也将焦点集中在了他异常行为最引人瞩目的时期。

我化作了猫,漱石的"猫"。连脚爪都是黑色的,也就是被称作福猫的初代"猫"。原来如此,要观察漱石的日常,化作猫也许是最好的办法。因为患有癫痫的漱石也经常会对猫敞开心扉。

而这个漱石说到底也只是电子装置产生的虚构存在而已。话虽如此,但要时时刻刻记住这一点却极为困难。毕竟不管怎么看,都会错以为他是现实的人类。特别是他又会在眼前动来动去,甚至还会说话,这也是理所当然的吧。

没错,我确实担忧自我有被蚕食的风险。真要说,我所属的命运结合态正是漱石本人。直接暴露在漱石那样强烈的个性之下,怎能期待有安定的自我?

自我的崩溃必然会导致意识阈限的下沉,孕育出上行性情结的危险。但是,我也不觉得这就会立刻导致二话不说就去自杀的危险行为。学生们的自杀应该还有什么其他原因才对。

驹込千驮木町 57 番地……这是当时漱石的住址。住在这里的漱石时常有异常的言语行动。

据我推测,他之所以会毫无规律地爆发癫痫,背后多半是有某种精神障碍在作孽。

哪怕是作为"猫"待在漱石身边,我也没法像只真猫那样成天打盹。

实际上,我几乎没有休息的机会。

漱石时而将火盆的灰烬泼得满屋都是,时而打破油灯,时而乱丢水壶盖子……他那疯狂的模样有时候真的让人不忍直视。

漱石似乎有一种自己正被人监视的强迫观念。住在对面寄宿屋里的书生就成了这种强迫症的主要牺牲品,这是因为漱石认为那个书生其实是个侦探。

书生说的话、朗读的书本内容,在漱石的耳朵里听来全都变成是在说自己的坏话。要是外出之际正巧碰上,漱石甚至会相信这是书生在跟踪自己。

漱石的这种强迫观念让我有些心虚,因为我自己毫无疑问是个监视者。当然,漱石强迫症的原因应该不在我身上。因为漱石当时的那种状态都是事先作为数据储存在命运结合态里的——但就算如此,我会对此感到内疚也在情理之中。

日子一天天过去。除去漱石的发疯之外,可以说是大抵平稳的每一天。

变身为"猫"的我也同样过着安稳的每一天。最开始要抵抗漱石的个性需要付出相当程度的辛劳,不过随着时间的流逝,这种艰辛逐渐消失了。也就是我逐渐习惯了。

但是,在这种习惯的背后,我内心的焦虑也终于堆积起来。学生们自杀的原因依旧毫无头绪,在这明治时代的平稳日常之中,究竟有什么东西会让他们都精神狂乱呢?

我亲自与命运结合态进行接触究竟是不是正确的措施呢?我不禁对此感到疑惑……

某日——我和往常一样,从外廊进入了客厅。漱石好像和家人一同外出了。

我钻进书房查看了一番。桌子上平展着一张半纸①。我下意识地跳上桌子,开始阅读纸上黑漆漆的墨水字。

---

①半纸,指宽24～26厘米,长32.5～35厘米的日本纸。

"吾周遭皆为狂人,因而吾亦只能佯作狂人。直至周遭狂
人痊愈为止,吾亦只能装疯卖傻……"①

简直就是将读者的精神朝着出乎意料的方向猛然一推的
文字。脱离常规,拥有异常的魄力。看来漱石也同样无法判
断,疯掉的究竟是这个世界还是自己。

不知为什么,有一种异常的逼迫感,就好像大气在电压下
震颤一样。自读到漱石这段文字的瞬间,周围就开始充盈起
一种凶险的气息。我的体毛不由得倒竖起来。

这是一种破灭的结局正在逼近的预兆。漱石书房的轮廓
溶解开来,急速地消失在黑暗之中。黑暗如同潮水般从我的
脚下漫上来。

我束手无策,只能倒竖体毛。压倒性的恐惧。面对这种
唐突的变化,我仿佛真的变成了一只没有力量的小猫。

黑暗之中,一个白色的人影轻飘飘地浮现,朝着我缓缓走
过来。

我就像被定身了一样,完全动弹不得。喉咙里只能断断
续续地挤出如同笛子般的声音。

---

①出自夏目漱石写给野间真纲的信件。

随着人影逐渐接近,细节也渐渐清晰起来。此人的穿着完全出乎我的意料。全身上下都是能剧服装,脸上带着狂物①的女性面具……也就是所谓的"泥眼"②的能剧面具。

她正用那双涂抹了金泥的双目牢牢地盯着我。真是异样的眼神。在精神力层面,她与我之间有了难以逾越的鸿沟。

为什么学生们会自杀,现在我终于能理解了。一定是她散发出来的某种精神力导致的。快自杀吧——她不断地劝诱着。一旦与她直面,将绝无可能抵抗这种深植于思想之中的暗示。

面对这种甜蜜的死亡诱惑,我渐渐感觉到身心麻痹。当从命运结合态里解放出来的时候,我大概会毫不犹豫地选择死亡吧……

"啊……"

突然那人脚下一个踉跄。精神力的压倒性巨波在那个

---

①正式上演的能剧分为"神、男、女、狂、鬼"五个剧目。狂物为第四个上演的剧目。不属于"神、男、女、鬼"的剧目都算入第四剧目,也被称作"杂物",但因为内容多为精神动摇、发狂的人物故事,因而称为"狂物"。

②能剧面具的一种,用于《海女》曲目。是一个散发着妖气的面具。眼睛和牙齿使用金泥描绘。

瞬间产生了紊乱。几乎是在反射神经的引导下，我朝那个人猛地一跳。

猫的前爪一拨，将能剧面具弹飞了出去。

"啊……"我不由得震惊地叫出声来，"麻理子……"

雨还在下。我和命运结合态进行接触还不到三小时。

我的手指紧紧抓在控制座椅的扶手上，几乎已经钻出一个洞来。设置有电极的头盔已经从头上摘了下来。突然的觉醒让我全身肌肉都松弛了下来，只是胸口还留有一丝痛楚。

"你还好吗？"

一个声音从雨幕中黑暗的房间角落里传来。

我将视线投向房间的角落。我原本以为声音的主人应该是研究室室长……但没有料到，站在那里的却是那个杀手。

"怎么回事？"我愣愣地低语，"发生了什么？"

"这正是我想问的。"那个男人回答，"约定的二十四小时已经过了。我想不管怎样，先到学生们所属的研究室来看看，说不定能有什么线索之类的……

"来了一看，你坐在那个椅子上，哼哼唧唧地呻吟着。于是,我就先把那个头盔一样的东西摘掉了。之前也说过的吧,我不喜欢拷问……说起来你又在被谁拷问呢?"

"……"

不得不说,有时事与愿违才能更接近世界的真相。杀手对命运结合态的一无所知成了我的幸运,让我免于最坏的结果——根本无法逃脱的强烈自杀冲动被植入到我意识阈限下。

"你来的时候,房间里没有其他人吗?"我一边从控制座椅上站起来,一边问道。当然,我指的是研究室室长。

"没有……"男人摇摇头,"只有你哦。"

"……"

我只能点点头。毫无疑问,那个研究室室长知道些什么。但是——研究室室长已经不在这里了,而且我预感可能永远都不会再遇见他了。

"发生了什么事?"男人问。

发生了什么事——我也如此自问。所有一切如今都被暧昧模糊的浓雾所掩盖了。只不过麻理子与学生们的自杀有关联这一点很显然。麻理子是研究命运结合态的专家,将自我埋入漱石的人格,对她而言应该不是什么难事。然后,向与命运结合态接触的学生们灌输自杀冲动的人也是她,这点毫无疑问……

为什么麻理子要这么做呢? 事到如今已经没有人知道了。只不过,当我询问她是否有喜欢的男人,麻理子回答时露出的那个表情却起到了揭示答案的作用。麻理子喜欢的男人,难道不就是被投影到命运结合态里的夏目漱石吗? 如果研究完成,漱石就会被删除。为了不让喜欢的男人消失,麻理子就尽力妨碍研究的进行,这么认为是不是我过于臆测了?

麻理子的自杀也许是一种自体中毒吧。

而那个永恒的疑问依旧没有获得解答——我究竟是什么人……

"喂,我要开始工作了哟。"男人像是无法再忍耐下去了,"约定的二十四小时已经过了啊。"

"我……"

我点点头,朝着门口摇摇晃晃地迈开了步伐。我当然没有反对意见。为了找一个根本就不存在的犯人,你就在 K 市继续当没头苍蝇吧。

"你去哪儿?"男人又继续追问。

我完全无视了那个问题。就算回答去亚马孙找"德塞森特",男人应该也理解不了吧。

外面还下着雨……

V 综合诊断 激情

エモツィオーン

1

　我很少记事，记得的那些事也很平面，就如同冬日的阳光一般惨淡，缺乏生机与色彩。

　要比喻的话，就和黎明时分的梦的记忆相似。没有任何脉络联系的情景如同气泡一样在脑海之中浮游，相互之间毫无关联。

　用医生的话来说，我患的是失忆症，而且还是相当严重的那种。就连提起自己的名字时，我也会带有些许的犹豫。

　我的名字，阿尔……我只记得阿尔。不知道是否有家人，不知道职业是什么，不知道过去的经历。年龄估摸在三十五岁以上吧。

我最后的记忆——或者应该说是最早的记忆——是从里约热内卢的街角开始的。

那是一条寂寥的小巷。

失忆的气泡甚至在不断蚕食我最后的记忆。

记忆中的那条里约小巷充斥着一种异常沉痛的气息。微弱的光线好像是夕阳最后的残照,占据着整条小巷。

非要形容的话,大概就像是透过红色滤镜看到的景色一样。

我那时正从小巷的肉铺里出来。屋檐下挂着一串串香肠,褐色面庞的店主从香肠之间探出头来,不停地在说着些什么。他的表情充满了异样的畏惧。

店主仿佛在辩解什么事情。感觉应该是我问了个问题,但遗憾的是店主无法作答。

我不记得自己问了什么,也无从知道。

记忆中所有的声音都被抹消了,甚至连我自己嘴里发出的声音都听不见。周围被完全的寂静所笼罩。

我一边敷衍地安抚着店主,一边走到了街上。

然后,我回过头。

就像是摄影机在移动一样,街道斜着从视野中划过,只有某个点牢牢地占据着镜头中心——那里聚集着十几个男男女女。

每当记忆到达这里时,我总会感到不可思议。

因为那些男女看我的眼神让我无法理解。他们的眼睛里全都充满了相同的、只能用"虔诚"来描述的光芒。

那是忠诚的家养狗看主人的表情。

他们中的大部分都是有色人种,服装也全都显得很贫穷。相比之下,他们看我的眼神就更显得热切。

他们一同散发出的期待如同潮水般将我淹没。甚至我的皮肤都能感觉到那种热气。

我无法回应他们的期待。我拼命地回想,却无从得知他们究竟在期待什么。只不过,无法回应他们的无力感却清晰地镌刻在我的记忆之中。

我摇了摇头。但是——他们看我的眼神中却没有浮现出丝毫失望。他们就像是仰慕教主的狂热信徒一样,依旧紧盯着我不放。

我后退了几步,他们便也准备一同朝前跟上的样子。我猛地一挥手,甚至吼出声来。

他们失望地低下头。没错,简直就像是被遗弃的幼犬一样。

我开始顺着街道前进,一边走着,一边试图回想起什么。同时,一个疑惑在我心中不断放大——我究竟是什么人?

的确,既然我想不起自己是谁,那就算是个非常伟大的人物也不奇怪。不过,至少我不觉得自己是那种值得让素未谋面的他人像仰慕慈父般景仰的男人。因为无论如何,我都无法从自身找出那种品德。

随着我继续前进,记忆的模样也发生了变化。渐渐地开始带上一丝凶兆,染上了一层苍白的微光。

当然,这是正在回想的我造成的。胸口的骚动、喉咙的干渴,都给记忆投下了不祥的阴影。因为与记忆之中的我不同,回想时的我知道正有灾难在等着自己。

后街小巷里看不到半个人影,如同电影的布景一样扁平且缺少现实气息。石头铺成的地面上洒满了纸屑。

突然,记忆中的我全身都僵住了。

我听到了声音，如同用爪子划过玻璃时那种让人发毛的声音。光是回想起来，喉咙里就有种痒痒的感觉。

记忆中的我非常不安地环顾着小巷。

笼罩着街道的不祥气息此刻已经变得清晰，仿佛伸手就能触及。恶意正从四面八方涌进我的五感。

但是，街道却依旧寂静，一个人影都没有。只有那声音如同诅咒般低低地在石板路上爬动着。

嘎吱、嘎吱……

声音渐渐变高，最终小巷里全都回响着这个声音。

记忆中的我像是快被风刮倒般身子一扭，西装的衣摆就裂开了一道新月形的口子——突然，一辆自行车从房屋之间冲了出来，骑车的男人在经过我身边的瞬间朝我挥舞起了刀子。

我愣住了。我愣在原地，盯着自己裂开的西装。要是再准几厘米，刀子就能确凿无疑地切开我的腹部了。

过于露骨的野蛮暴力会削弱人的现实感。会让人一时间无法相信，世上竟有人对自己抱有如此杀意。

这时的我正好就处于这种状态，正苦于如何去接受自己差点儿被杀的事实。感觉就像是被恶作剧狠狠地捉弄了一样。

但骑自行车的男人方向一转,再次朝我冲来。目睹这一幕,我也不得不行动起来了——也就是拼命地逃跑。

在旁人眼中,这恐怕是令人捧腹大笑的一幕吧。一个骑自行车的男人正全力以赴地追逐着一个穿着破烂西装的男人。大概让基顿[①]之类的演员来扮演是最合适不过的了。

但当事人们——特别是正四处逃窜的我可是拼上了吃奶的劲儿。紧追在背后的车轮声在我耳中可谓是真正的"死神脚步声"。

恶寒顺着脊背从下往上蹿过。而我就好像是被这种恶寒猛然撞飞了一般,将身体朝前一扑。就在接触到地面的同时,我又朝着侧面滚开。

真是字面上的千钧一发。

男人挥舞的刀子划过虚空,自行车从我旁边窜了过去。

自行车又前进了大概二十米的样子,停下时车身几乎都快倒下了。骑自行车的男人愤怒得就像是要喷出火来。对于

[①]指巴斯特·基顿(Buster Keaton),美国喜剧演员、电影导演、制片人、编剧和特技演员。他以其无声电影而闻名于世。

他来说，两次都没能干掉我一定是难以忍受的屈辱吧。

也就是说他是职业杀手。

我回想不起那个男人的面孔。就算努力回忆，也只有刀子凶恶的光芒贯穿脑髓而已。只不过，他毫无疑问是体型高大的男人。

我爬起身来，拼命环顾四周的街道，试图寻求帮助。

一个人都没有。街道就如同沉入水底一样显得如此苍白，空虚地延伸到远处。本应充满活力的里约，不该是如此寂寥的地方。

我必须下定决心。对方骑着自行车，一直逃跑也总有被追上的时候。继续这么下去，几乎可以预见，要不了多久我的后背就会被插上一刀。既然没有其他人可以救我，那就只有靠我自己战斗了。

男人第三次朝我冲来。他将刀子高举过头顶，用力蹬着自行车，他的身影让人不由得联想起西部电影里的印第安人。实际上他甚至已经发出吼叫了。

我先是假装逃走，然后猛然转身，顺势倒在了车轮前。当然，这时候我没有忘记护住自己的头部。

脊背上传来一阵沉闷的冲击，就像是被人用长靴踢飞了一样的痛苦。那一瞬间，我一心只祈祷着脊骨不要被撞折了。

而自行车则上演了像马戏团里表演的空中前滚翻一样的特技。理所当然的，男人也头朝下地栽在了路面上。毕竟是自行车的加速度外带男人的体重，不管是多么强韧的杀手，也都是吃不了兜着走的。

栽倒在路面上的男人一动也不动。看来是脑震荡了。

我可没义务对他的事故抱有任何同情心。更重要的是，我现在也不处于能够同情他人的状态。

就像发烧似的，我全身上下都在痛。人类的身体其实非常柔弱。就算只是自行车，被撞一下也不是闹着玩的。

光是要站起身我就不得不挤出全身的力气。虽然也有痛苦的原因，但更重要的是，逃过一命的安心感让我的膝盖不由得软下来了。

我失神了片刻。

突然回过神来时，面前的地面上清晰地映出了我的影子。可影子却显得过于鲜明了——原来是有强烈的光线正从我头顶斜上方投下来。

不知为何,我有些犹豫要不要转过身。毫无缘由的恐惧正紧紧捏地扼住我的喉咙。但是——最后好奇心还是战胜了恐怖。

我回过身,然后叫出声来。

天空中飘浮着一个火球。那球体散发出的白色光芒过于强烈,以至于我无法正确判断其大小和高度。火球就如同帝王的眼睛一样睥睨着下界。

我沐浴在白色光芒之中,只能一动不动地矗立在原地。

不明飞行物这个词自然而然地浮现在了我的脑海之中。该怎么说呢? 这个词拥有一种让脑髓麻痹的声调,同时伴随而来的还有某种感动。

突然,脖子上传来一种灼烧般的疼痛。我下意识地用手一摸,摸到一个硬硬的小小的东西——但我没时间确认那究竟是什么东西。因为下一个瞬间,我就眼前一黑,意识不明了。

根据后来听到的说法,那好像是吹箭。

上述就是我最后的记忆。我没有任何那之前的记忆。这个记忆中断后,直到我发现自己住进了医院,这之间的时间也都是空白的。

我好像被人当作了犯罪的牺牲品，而且还是一桩拥有相当猎奇色彩的犯罪。

毕竟在现代的里约热内卢，遇上什么不好却偏偏遭遇到被吹箭狙击的奇怪灾祸，还丧失了几乎全部记忆。所以理所当然的，警察会谈之色变，市民们也充满了关注。

大概是出于这种原因吧，我在医院享受的待遇可谓重要人物级别的。不仅是单人房间，还有专门的护理人员，可谓大手笔。

但是——我既不需要单人房间也不需要护理人员。涂在吹箭上的毒药破坏了我的脑细胞，引发了名为失忆症的损害。从这个角度来说，我的确也算是个病人，但失忆症并不是会对日常生活造成不便的疾病。他们将我当作垂危病人的做法反而让我觉得麻烦。

我一天的大部分时间都是在医院咖啡厅里度过的。

不愧是本地产的咖啡。不管喝多少杯，那种馥郁的芳香都令人陶醉。

对于失忆的人来说,每天就像是在漫无目的地漂流。在游离不定的日常中,只有咖啡的香味能为我带来现实感。

"我可以坐在这里吗?"

正当我陶醉地将鼻子埋在咖啡杯里时,身边有声音传来。

这是男人不可能拒绝的要求,因为声音的主人是个魅力焕发的女性。

这人正是精神科的医生——伊尔嘉。

一般情况下她倒不一定会被称作美人。她的体形过于骨感,装扮也过于职务性了。但是那双清澈的蓝眼睛和流淌在肩膀上的迷人金发则可以弥补所有缺点。独特的沙哑嗓音让她给人留下的印象更是鲜明。

"当然……"我慌忙点点头,"非常欢迎。"

我的话可没有夸大其词。且不说伊尔嘉是非常有魅力的女性,我自然还有欢迎她的正当理由——毕竟我们是相爱的。

这不是我自吹自擂,也不是患者常有的那种对精神科医生抱有的单方面爱恋。虽说从来没有说出口,但我们的确感应到了对方的爱意。非要给一见钟情加上什么理由,才是愚蠢的行为。

"有没有想起来什么？"

刚坐下，伊尔嘉就立刻发问了。

"没有。"我摇摇头，"完全没有……"

"……"

就好像是要看透我的头盖骨一样，伊尔嘉眯起了眼睛。明明正身处敞亮的咖啡厅中，却不知为何这让我将她联想成潜伏在黑暗中的优美野兽。

时不时地，我会把她看成是神秘感十足的女性。

"说不定，你真是个非常重要的人物呢……"伊尔嘉像是说悄悄话一样不经意地说道。

"为什么？"我觉得伊尔嘉的话实在有些唐突。

"你想啊……若不是这样，为什么会有人要取你性命呢？"

"也许只是被抢劫犯袭击了。"

"抢劫犯会使用吹箭吗？"

"的确，就算是政治性的暗杀活动，拿吹箭当武器也太奇怪了……"

我笑着蒙混过去。老实说，仅凭臆测就对我的身份指手画脚，并不会让我感到愉快。但既然是伊嘉尔，那我们就还有很多值得聊的话题。

"你说在失去意识前，有看到UFO，对吧？"但是伊尔嘉却固执地继续着刚才的话题，"这件事让我十分在意。"

"也许只是幻觉……"

我不由得含糊其词起来。跟身为精神科医生的伊尔嘉谈论看到UFO的事情，果然还是让我有些难为情。

"也可以认为是记忆混乱吧。"

"有一种说法认为，UFO是人类的集体无意识不断产生的新神话呢。"

今天的伊尔嘉缺乏平时那种冷静。她过于热衷于述说自己的想法，以致根本没有打算听我讲话。

"……圆形是无意识在梦、幻觉等情形里出现的最为普遍的形态，而圆环本身则是代表个人完整性的符号。全知、全能、无所不在……象征'神'的印记也总都是圆环。石器时代盛行的浮雕'太阳之轮'、原始佛教里的'法轮'、中世纪的'魔法阵'，还有'曼荼罗'①……圆环不论在哪个时代都没有改变

---

①曼荼罗（Mandala），原义为圆形，又音译为曼陀罗等，意译为"坛""圣圆"等。荣格认为它象征着目标中心点，或自性；是一种走向中心的心理过程的自我复现现象，是走向新的人格中心的过程。

过,是被撕裂的自我、历史的矛盾分裂的完美补偿。圆环不断地给混沌以秩序,给人格以统一。但是……我们已经无法再相信圆环象征的'神'了。因此,作为补偿,我们才会看到UFO。集体幻觉……UFO是现代人类在苦难的尽头,终于制造出的新神话呢。"

伊尔嘉突然停下话语,大概是察觉到自己太过喋喋不休了吧。

但是我倒没有觉得伊尔嘉的喋喋不休会令人不快。反而应该说,在我心中甚至产生了某种奇妙的触动。虽然我也说不清这是为何,但……

在沉默了片刻后,伊尔嘉又轻轻吐出一句:"这是荣格的观点……"

"原来如此……"一时间我也只得点头,"所以?这种观点和我看到的UFO有什么关系?"

"这个嘛……"

伊尔嘉刚要开口,视线却从我脸上移开了。我顺着她的视线回过头去。

两个男人正站在我身后。一个是负责照顾我的男性护

士,沉默寡言得甚至让人觉得是个迟钝的大个子印加人;另一
个我则从未见过。

"警察那边的人说想和阿尔先生谈谈……"护士毫无抑扬
顿挫地说,"好像是重要的事情……"

看到那个陌生男人时,我的后背上窜过一股难以名状的
恶寒。

的确,这个男人的外貌十分异常。秃头,戴着墨镜,而且
半边脸都被橡胶面具所覆盖。他细瘦得像条鞭子,让他的模
样变得更为诡异。

"非常重要的事情。"男人说,"可以的话,我想和你单独谈
谈……"

2

就和许多人一样，我也对警察抱有毫无缘由的厌恶。只
不过此时我的这种抵触倒不全因为对方是警察，仿佛还有更
为根深蒂固的原因在里面。

也许说是恐惧更恰当，是小动物对天敌抱有的本能恐惧。

当然，就算如此，要拒绝他的要求也是不可能的。这个世
界上没有比警察更难摆脱的存在了。再说，我也有强烈的欲
望想知道自己到底是什么人。

我邀请男人前往病房。

男人没有报上自家姓名，我也没有特地追问。因为他拥

有一种气质,仿佛能封杀这一类问题。再说了,也没多少人愿意和警察有私人交集。

男人在椅子上坐下后沉默了片刻,看起来像是在努力思考该从何讲起。沉默之际,男人的脸看起来越发诡异了。半边脸庞就像是被死亡染黑的骸骨。

"你究竟想谈什么呢?"我催促了他一下。

"你知道一个叫'德塞森特'的组织吗?"突然,骸骨的下颌裂开,露出了鲜红的颜色。

"'德塞森特'?"

"对,你知道叫这名字的组织吗?"

"……"

我就像是被偷袭了一般,一时间感到有些狼狈。

但这毫无理由,我只要回答"不知道"就可以了。况且"德塞森特"这个名字也没有唤醒我任何记忆——但就算如此,这个名字却让我的内心产生了一种说不出的不安与动摇。

"好像没有听说过……"我的声音有些颤抖。

"这样啊。"男人点点头,"那可真是太遗憾了。"

与这句话的内容完全相反,我从男人的声音里听不出半点儿遗憾。那是丧失了所有感情的声音。黑色的橡胶面具只是蠕动了一下而已。

"那个叫'德塞森特'的组织和我有什么关系吗？"

"要杀你的人好像就是'德塞森特'派来的。"

"……"

"如何？没有想起什么来吗？"

"没有。"

我的声音大概听起来像是在呻吟吧。

男人再度回到了沉默之中。虽然他说是有事情要和我谈，但明显是在盘问我，而且还不是警察使用的那种盘问手段。反倒是和伊尔嘉的手段差不多，这是精神分析医生特有的套话方式。

"'德塞森特'是个什么样的组织呢？"我将自己的角色转为了发问者。

"不知道……"男人摇摇头，"组织的性质，以及其目的完全不为人所知……只不过，好像是和UFO有关的组织。"

"UFO……"

"最近，里约频繁有人报告目击了UFO。"

男人缓慢地将两只手交叉在脸前。交叉的双手后面,墨镜散发出的光芒只能用邪恶来形容。

这时候我才终于怀疑起男人的身份来。这个人真的是警察吗……?

男人继续说着,不给我继续猜测他身份的时间。

"'德塞森特'可以说是个反UFO组织。只要是目击过UFO的人,他们不分青红皂白全部都要杀掉的样子……"

"这……"我不由得惊呆了,"所以我才会被追杀的吗?"

"我们是这么认为的。"男人郑重地点点头。

"胡说八道的吧……就算是装疯卖傻也要有个限度不是吗?我可不认为这是真的。"

"的确……我们也觉得很难理解。但……"

男人意味深长地在这里停下了,让人感觉他正巧妙地操纵着谈话的进程。就像是钓鱼的人为了防止鱼逃走,才缓慢地转动线轴。

但就算是明知道他的伎俩,我还是不禁好奇男人的下半句话到底是什么。

"所以说,但是什么?"

"你看过窗外的景色吗?"

"咦?"

"不,应该说你看过医院外面的景色吗?"

"……"

我一下子没能理解男人的话。所以自然而然地,我只是目不转睛地瞪着男人的面庞,完全想不出该用什么话去回答。

"看起来是没怎么看过的样子呢……"

男人松开交叉的双手。骸骨就再次出现在我眼前。这一定是他为了让语言有张力,才故意演了这出戏。

"如何? 趁此机会,现在去看看如何?"

就好像被这句话所推动,我从椅子上站起来,走到窗边,将至今为止从未碰过的厚窗帘向左右拉开。

一瞬间,我无法理解自己究竟在看什么。因为窗外的景色完全出乎我的预料。

无数的男男女女填满了医院围墙外面的空间。人群如此庞大,就算是从我位于三楼的房间也无法看清其全貌。而且他们的视线还全都集中在我的病房。

人数众多当然也是原因之一,不过更让我震惊的是统摄他们的那种近乎异样的彻底寂静。人群被一种不可能存在的寂静所笼罩。不要说窃窃私语声,就连咳嗽都听不到一声。那是贯彻了钢铁纪律的狂热信仰者集团才可能拥有的压倒性的魄力和诡异。

但当人们认出了拉开窗帘的我后,那种钢铁般的纪律就突然崩溃了。我几乎是反射性地拉上了窗帘。心脏正猛烈地跳动着。

"那是……什么……?"我呻吟起来,"那些人是在做什么啊……?"

"他们在等待。"男人的声音听起来是如此低沉,仿佛他正趴在地上一样。

"等待什么?"

"不知道。"男人摇摇头,"我们也不理解他们究竟在等待什么。实际上,应该说我们对他们一无所知……只知道他们大部分来自贫民阶层,并且核心人物们全部都目击过UFO,仅此而已。"

"……"

一瞬间,有UFO掠过我的脑海,那刺眼的白色光芒仿佛能将我的意识燃尽。我只能认为自己是被UFO完全摆布了。

UFO和我之间究竟有什么关联呢？

关于外面的聚集的人群，我倒也不是完全没有头绪。在失去之前全部记忆的那一天……执拗地尾随在我身后的那十几个男男女女，正巧也露出那种像被附身了一样的表情。

我心中的焦躁感越发强烈。如果我还拥有正常记忆，世界也不会像这样充满谜团……

"如何？"男人像是在窥探我的反应般问道，"我的话，有没有让你想起些什么？"

"很遗憾……"我现在绝无虚言，"我似乎病得很严重。"

"这样吗？"男人做作地叹了口气，摇摇晃晃地从椅子上站起来，"真是没办法。那我差不多也该走了……"

真是果断得令人惊叹。考虑到他之前长篇大论了那么久，这甚至让我觉得有些突兀。

和男人的这番谈话几乎耗尽了我的精神，近乎处于失神状态，我甚至没有力气将客人送到门口。

男人离开前递给我了一张名片，同时还伴有"如果想起来什么就联系这里"之类的格式化套路。

我甚至都没有正眼看名片,一边随便答应着一边将其塞进了口袋。事后回想起来,当时我应该看一眼的……

男人离开了房间。

真是个缺乏现实感的奇怪人物。明明我们坐在一起聊了那么久,但他却如同一个在街上擦肩而过的路人,没给我留下多少印象。

而从男人身影消失的瞬间开始,我就被一种偏执的疑问所困扰:他真是实际存在的人类吗? 那个男人难道不是我的幻觉生成的吗?

我脱离了常轨。没错……

UFO的白光不停地在脑海里晃来晃去。一瞬间,意识变得雪白,又转暗,那里一排排全是人群无神的眼睛。

幻觉之中,人群拼命祈祷着要让我成为活祭品。为了让他们从不幸中获得救赎,必须用我的血。失去记忆的人没有资格继续下去……

我惨叫起来。床紧压着我,被单像是触手一样缠绕着我的身体。大量地出汗迅速地夺走了我的体力。

虽是幻觉，却挥之不去，又充满现实感。我的意识被噩梦的怒涛所翻弄。纠缠、错结、崩解，等在最后的永远都是那个里约小巷里的记忆。

我一遍又一遍地被骑自行车的男人追赶，被吹箭射中脖子。简直就像是在遭受普罗米修斯的苦难①，我也将永无宁日，直到生命尽头。

护士进入房间时，我也依旧在噩梦中徘徊。我能用意识的一隅捕捉到护士的行为，同时却又只能在残酷的幻觉中无声地尖叫。

就好像是在看电影。银幕里的世界与坐在电影院的椅子上的自己，意识分裂成了两个。分裂的意识互相之间并不矛盾，而只是平行地在时间之流中前进……

不知道从哪儿传来了桑巴旋律，在分裂的意识深渊中回响着。

护士好像在做注射的准备。昏暗的房间里，注射用的针头散发出异常锐利的光芒。

针尖的光芒让我的头隐隐作痛。分裂的意识又愈合起

---

①普罗米修斯盗火后，被惩罚日夜遭受老鹰啄食。

来,收敛到现实中的护士脸上。那张脸,正是骑着自行车追杀我的男人。

就在刚刚,我想起了那个男人的面孔。

惊愕与成倍的恐惧让我的身体自己动了起来。我几乎是反射性地想要跳起来——但是杀手的动作在速度上远胜于我。

男人毫不犹豫地抓住我的双肩,用全身体重将我压在了下面。真是惊人的力量,我就像是被熊给扑倒了一样。

病床变成了行刑架。不要说挣扎,我甚至都没办法正常地呼吸。男人带有大蒜味道的口臭直冲鼻孔。虽然我两条腿勉强还有自由,但也只能盲目地在空中乱踢,不能伤他分毫。

耳畔边血液沸腾的声音就像是咚咚的击鼓声。眼前一片朦胧,肿胀的舌头堵住了喉咙——我的身体深深地陷入床里,像是落入了冥府。

男人紧紧压住我的力道兀地生出了一丝间隙,因为他打算从口袋里取出注射器。逃避死亡的本能给了我的身体如同强韧的发条一样的力量。就在那一瞬间,我猛然将男人推开了。

但就算是我垂死挣扎的疯狂反击也并没有让男人失去平衡。他虽然后退了几步,但勉强停在了那个地方。我虽然成功从床上逃了出来,却不能如愿地逃出男人的掌心。

我的反击只是单纯将战场从床上转移到了地上而已。只不过短短片刻,在一顿扭打之后,我就又被摁在了地上。我和他之间的力量差距实在是太悬殊了。不管我怎么奋力挣扎,也不可能战胜对方。

男人只用左手和双膝的力量就将我紧紧地按在地面上。真要说,被摁在床上的感觉还好一些,至少后背不会那么痛。

男人的右手上出现了一根注射器。

我想呼救,但被压迫的胸廓却无法让我发出声音。看来我只能这么默默等死了。

男人注射的手法十分冷静娴熟,看来他对办成事情有着绝对的自信。每一个步骤都没有分毫的偏差。

我的上臂肌肉感觉到冷冰冰的针尖。看来是时候接受死亡了。虽然在死前想要回顾自己的一生,但我却没有记忆去回顾。某种意义上,我虽然活着却也等于已经死掉了。

我自然而然地闭上了眼睛。

"呃……"

我听到男人的喉咙里漏出一声呻吟。我睁开眼睛,看到男人一只手捂着脖子,身子朝着一边倒了下去。他脸色苍白,指间喷出了鲜红的血液。

即使在男人如同朽木一样倒下后,我也好一阵子都无法理解事态为何会发生一百八十度大转弯。就算看到了伊尔嘉,我也依旧呆呆地愣在原地。

伊尔嘉正握着手术刀,而手术刀上则沾着血迹。

"快收拾一下。"伊尔嘉毅然决然地说,"趁现在赶紧逃出医院!"

3

噩梦就像是两面相对的镜子,其中的景象无边无际。就算从一场噩梦中醒来,也总还有其他噩梦在等着我。建立在稳固基盘上永不动摇的现实,将我疏离在外。

没错,UFO到处乱飞,人群要求献祭我的噩梦已经足够令人难以忍耐了。但与我的伊尔嘉变成杀人犯的噩梦相比,还是小巫见大巫了。毕竟对于失去记忆的我而言,伊尔嘉是唯一的寄托,是最后的希望。

"你还在磨磨蹭蹭地做什么?"伊尔嘉的声音里包含着责备,"大家都在等你啊。"

"大家……"我痴呆地低语道。

"没时间解释了……"伊尔嘉的声音越发急切,"总之,快动起来。"

站在那里的人不是我曾认识的那个伊尔嘉。她被一种我无法理解的热情所驱动,在我眼中是个完全陌生的女性。那种热情甚至强烈到足以让她动手杀人。

这一定是噩梦……我想。噩梦应该也有噩梦本身的条理。既然我也是噩梦中的一人,那我就只能遵从那种条理。

我摇摇晃晃地站起来,桑巴的旋律在耳边变得更加清晰。

"桑巴究竟是从哪儿传来的呢?"

在这种紧要关头,我也还是问出了这样悠闲自得的问题。

一瞬间,伊尔嘉露出了像是被人偷袭了的表情。然后,她略带气恼地说道:"里约的狂欢节①要开始了。"

真的就是狂欢节。

里约市中心的瓦格斯总统大道上,来势凶猛的人流奔涌着。几千名年轻人化作了一条巨大的蛇,占满了街道,扭动

①每年巴西里约热内卢在大斋期之前举行的节日,里约狂欢节被认为是世界上最大的狂欢节,每天有约二百万人参与。

着前进。

"噢来来,噢啦啦,噢来来,噢啦啦……"

从年轻人们的喉咙里冲出来的叫喊跟野兽的咆哮相比也不遑多让。声音中充满着震天撼地的魅力,足以征服每一个观众。单纯用"狂热"根本不足以形容。那里面拥有的是从灵魂迸发出的,与原始的欢喜共通的某种东西。

简直就像是在看一群褐色的炸药。让人不由得疑惑,那种爆发般的能量究竟产生自何处。也许只有用"激情"①才能够恰当地形容吧。

里约的年轻人们一整年仿佛都是为了这个狂欢节而生活的。正因为有狂欢节,所以不管是无聊的工作也好,还是这个国家巨大得无法扭转的贫富差距也好,他们都能够忍耐。一年的忧愁、悲伤、愤怒,全都能被这场狂欢节净化。

所以,拥有褐色肌肤的年轻人们疯狂地跳起桑巴,直到喘不上气来为止。因为至少在这个瞬间,他们能够忘记贫民窟那种令人忌避的恶臭。

跳舞吧,狂欢吧,然后忘却吧——噢噢,噢来来,噢啦啦,

---

①此处指的是心理学中的"激情"(intense emotion),是一种强烈的、为时短促的、爆发性的情绪状态。

噢来来,噢啦啦……爆竹鸣响,烟花将街道染成了红色。狂欢节在此刻达到了最高潮。

我无法立刻融入这场狂欢中去。首先,我已经过了会热衷于桑巴的年纪了。更重要的是,我对自己是在逃人员一事感到内疚。

失忆的人是与所有热情都隔绝的存在。

话虽如此,但在年轻人们的狂热面前要保持冷静还是很困难的。非常自然地,我脚下开始随着旋律打起了节拍。里约的狂欢节有着磁铁一样的吸引力,甚至能让年过九旬的老头老太都闻声起舞。

对于身为逃亡者的我来说,遇上狂欢节可以说是幸运。因为警察的机能完全被麻痹了。不管是多么重要的罪犯,要在这种狂热之中进行抓捕都是不可能的。况且我也不是什么罪犯,只不过是离开了医院而已,反而应该说是犯罪的受害者才对。

不对,果然我还是应该承认自己是罪犯才对。虽然不是我亲自下的手,但将尸体留在病房里也是不置可否的事实。

我的头脑已经无法正常思考了。一连串的噩梦与狂欢节的疯狂夺走了我的思考能力。更何况我还不清楚伊尔嘉的真实意图何在，这更是将我的精神力彻底给消耗光了。

伊尔嘉究竟是出于什么目的而将我带离医院的？她又是什么人？所谓等待我的大家又在什么地方？为什么她不将我带到那些人那里去，反而将我丢在大街上？……不管是哪个问题，对我来说负担都太过沉重。我能做的到头来不过是呆呆地望着狂欢节而已。

噩梦的重叠效应完全剥离了我的现实感。我就像是发着高烧一般，只能在人群中徘徊行走。狂欢节在我的眼中也只不过是五颜六色的奔流而已。

突然，伊尔嘉出现在我眼前。即便是在光彩鲜亮的狂欢节的喧嚣中，她也依然抢眼。

"就是现在……"伊尔嘉低声说，"现在，就是那个时刻了。"

我甚至没时间追问这句话的意思。只不过眨眼间，她的身影就再次消失在了人群中。

只有伊尔嘉那句话的余韵还残留在我的脑海中，就好像阴沟里的东西一样，在我脑海中不断回响。那句话就跟预言家的话一样。

现在究竟又要怎样……我冲着伊尔嘉消失处的人群大叫起来。现在，我究竟应该做什么……？

在自己也无法说明的冲动牵引下，我抬头看向天空。

那里挂着一个UFO。

散发着白色光芒的UFO悬浮在空中，和沸腾的狂欢节形成了静寂与喧嚣的奇妙对比。世界看起来就像是分裂成了大相径庭的两半。

我的体内有什么东西爆发出来，变作了从喉咙里迸发出的叫喊。

"别跳了！"我如此叫道，"战斗！"

昏暗的记忆海平线突然抬高，向我逼近。封闭记忆的帷幕好像被人切断了绳子，突然落下来了一样。恢复的记忆太过鲜明，甚至让我觉得一阵眼花缭乱。

"别跳了！"我又继续叫道，"快看那个UFO！你们应该能看到的！你们正在见证神话的诞生。看向UFO，然后战斗。对抗那些压迫你们的家伙……"

这些词句根本不依照我的意志，而是自然而然地从嘴角迸发。跟发癫的疯子没什么两样。我甚至都不知道这些语言究竟是从什么地方喷发出来的。

只不过我应该完成的使命变得清晰起来。我是个煽动者，也是某种预言家。我的使命——就是在里约城里引发叛乱。

伊尔嘉也巧妙地提到过，在这个城市，大多数UFO都只不过是幻想的产物。它们只是象征，并不是真的有外星人在天空中飞来飞去。

但是——作为象征的UFO被频繁目击，这没有发生在其他城市而偏偏发生在里约，也可以说意义重大。这座城市的居民……特别是有色人种，在肤色和贫富差距这两个方面都受到了巨大的压迫。

的确，里约的狂欢节能让人在短暂的片刻忘记这种压迫，因为舞蹈的狂喜能够净化这个世界上的不幸。但是当节日结束后，跳累了的男人女人们却不得不再次回到残酷的现实中去。压迫并不会得到真正的解放。

不知道是什么时候读过的，荣格书中的一节①浮现在了我的脑海之中。

①后文相关理论见《自我与自性》。自性指的是个体生命最完整的表述，包含意识与潜意识。

象征不是寓意也不是标识,其大部分都是拥有超意识性内容的人像……而里约上空被频繁目击的UFO明显是曼荼罗的替代物,是源自渴求"没有任何欠缺的、完整的人类"的欲望而出现的产物。也可以说是被持续压迫的集体的心(自性)的产物。

荣格在这本书里如此写道——希望能够化作完整的人类的人,就不得不有"被动物紧咬"的觉悟。他必须将无意识中的动物性的各种冲动(impluse)暴露在外。他不得不将自己置身于与这些冲动统一化且不"逃避"的情况之中……

在狂欢节上狂舞可以说意味着"逃避",明明他们真正需要的是"被紧咬"……

也就是说,他们为了能够真正地得到解放,就不得不投身到革命中去。

UFO是革命的"幻想旗帜",而我是为此出现的煽动者,某种预言家一样的存在。

除去这部分之外的记忆依旧还是模糊不清。我究竟是什么人?为什么要背负革命的煽动者这样的使命?至今也完全不清楚。只不过记忆里以及医院外面那些男人女人们看着我的眼神倒是得到了解释。

他们在等待作为预言者的我开始行动,忍受艰辛等待着我点燃革命的火种。没错,大家确实都正等着我呢。

"看到UFO的人战斗!"我继续叫道,"UFO才是革命的启示!"

刚开始时,我的叫喊声完全被狂欢节的喧嚣所掩盖,没有任何效果。但渐渐地,音乐和舞蹈都安静下来,最终只有的我声音在大街上回响。

我的声音大概听起来就像是在荒野里怒吼的摩西吧。每一个词语都气魄昂然,饱含着说服力,甚至连我自己都感到震惊。那是只有优秀的预言家、充满魅力的领导者才能达成的效果。

现在,狂欢节的所有动静都消停下来了。身穿各式衣装的男男女女都一同注视着我的嘴唇。随着我的演讲继续,他们的兴奋感也逐渐膨胀起来,最终大气之中仿佛充斥着高压电流。

他们依旧保持着沉默,这反而更进一步凸显了那种兴奋。沉默孕育出让人难耐的紧张,只需针尖一戳就会爆发开来的紧张。

"破坏!"

我刺出了那枚针。

"打碎一切!"

狂欢节转眼间变成了一场暴动。舞蹈的队列崩解,凶猛的人群疯狂地冲向人行道。当理性最后的禁锢得以解除之际,人群就变成了最猛烈的风暴。野兽咆哮般的叫喊声充斥着里约的街道。

用"暴徒"都不足以形容他们,感觉更像是破坏冲动的具现化。他们没有是非理性,只不过单纯地将挡在自己前进方向上的东西悉数破坏而已。

他们首先攻击的果然是白人专用的指定座席。简直就像是遭到台风袭击的稻草屋一样,那些座位撑不过片刻就分崩离析,最后还被激动的人群放了一把火。更不用说,来不及逃走的白人们全部都被杀死了。

只不过一瞬间,里约就化作了修罗炼狱的街道。变作了黑烟滚滚,怒吼掺杂着悲鸣的地狱。彻底化为破坏与杀戮的地狱……

　　哪怕在暴动转移到其他区域去了之后，我也依旧站在原地。眼看着自己引发的事态太过残酷，我一时间也不知所措起来。路面上到处都是尸体，如同死鱼般四散零落。

　　我不知道自己为什么成了革命的煽动者。我只不过是随着冲动迸发出了一堆言辞而已。我甚至都不知道这种冲动究竟源自何方。

　　这时候大概是第一次，我实际感受到自己正被什么人的意志所操纵。正是那个人——也许应该说是命运或者类似于神一样的存在……将我投入到这个不知究竟是噩梦还是现实的世界，让我演了这么一场愚蠢且拙劣之极的小丑戏。

　　我感到自己对那个存在产生了清晰的杀意。

　　在暴徒已经离开的现在，我的视野里出现了一个女人的尸体。女人的内脏像是被踢破了，嘴边淌着鲜血。很明显她是被暴徒们推倒后活活踩死的。

　　这个女人就算是变成了尸体也依旧充满了魅力。

　　她是伊尔嘉。

　　毫无疑问的，我的心正被荒芜一点点腐蚀——徒劳且不可救药的荒芜。那片荒芜中甚至连悲哀都不存在，只有空白一片的感情。

不仅仅是记忆，我连感情也失去了。

以前好像也发生过这样的事情。

啊啊……我有一种自己在不断重复地见证心爱之人死亡的感觉。

4

伊尔嘉的死亡如同启动了一台发电机,我的心震颤着,许许多多夹杂的碎片也随之掉落。

噩梦已不再是单纯的噩梦。那里面所包含的意义虽然模糊却已逐渐显露。没错,虽然仍十分模糊……

就好像是在窥探深不见底的湖水。深不见底的湖水在被风吹动的短短一瞬间,终于露出湖底供人窥探。但眨眼间,湖底又被黑暗的湖水所遮蔽。

那是一种让人发疯般的牙痒痒的感觉。在想要得知真相的欲望面前,连失去伊尔嘉的悲伤都褪色了。不,我甚至觉得伊尔嘉的死亡本身，就是抵达真实的一种试炼。

那个自称是警察的男人的面孔浮现在了我的脑海里，逐渐变得越来越大。毫无疑问，我和那个男人不是头一次见面。虽然说不上具体究竟是什么时候，但感觉他经常出现在我面前。

那个男人既是斯芬克斯，也是俄狄浦斯。他朝我抛出问题——然后帮我回答那个谜题。

我决心要去找那个男人。

那个男人给我的名片上，写着一个位于科科瓦多山附近的地址——就在可以近距离看到基督像的地方。

这幢公寓楼绝对谈不上美观，加上又邻接贫民窟，给人一种强烈且奇妙的落魄感。或许用废屋来形容更为恰当一些。

那个男人住在这座公寓的三楼。

是个虽脏但很宽敞的房间。

这房间让人联想起没落的俄罗斯贵族的客厅，奢华至极的家具与开裂的墙壁格格不入。

采光也非常糟糕。忧郁的光线在房间里散射，男人的身形看起来就像是影子一样。

"我也觉得你差不多该来了……"

男人在邀请我进去时,耳语般如此说道。

而我也顺从他的邀请,自然而然地在沙发上坐了下来。感觉自己就像是演员按照写好的剧本在行动一样。

所有的一切都充满了仪式感。

"我先去冲点儿咖啡……"

男人迈着猫一样安静的步伐消失在了厨房里。

差不多快日落了。

房间里的空气在片刻间被染成了苍蓝色,然后渐渐渗透出金黄色来。正巧是日落时分,我感觉自己就像是躺在海边。炫目的光芒闪烁着,如同海浪一样打到身上,飞溅开来。

我被一种奇怪的困倦搞得昏昏欲睡。飞溅的阳光起到了催眠师使用的镜子一样的效果。总之就是让我困得不行。

不知道为什么,男人迟迟没有从厨房回来。

这种情况下可不能睡着了。为了摆脱困倦,我将视线转向窗外。

窗外可以看到科科瓦多山上的基督像。

我注目凝视,高度达三十八米的钢筋混凝土塑像在我的心中引发了一场出乎预料的震撼。为什么基督像这种甚至可以说是烂大街的东西能给我造成这么巨大的冲击?

突然,视野微妙地抖动了一下,基督像模糊了。

基督像的外貌变了,它化作了一尊巨大的青铜像。北极圈激烈吹拂的暴风雪在耳畔呼啸,视野被染成一片雪白,冰川散发出光辉……

青铜像动了起来,缓慢但切实地动了。是知觉机让它动起来的。青铜像是巨大的机器人。

是"悲哀(Lugensius)"!

决堤地记忆开始奔流,让我长长地悲鸣起来。

北极圈转瞬即逝,又变成了南印度的城市毗首。绿蓝色的印度洋对眼睛造成了强烈的冲击。如同雾气一样流动的飓中猛然浮现出一个巨大人影。

是"憎恶(Odious)"。我曾经作为破坏活动特工,与那个拥有四条手臂与三只眼睛的怪物战斗过。尽管不知道自己是为了什么而战斗……

幻觉如同万花筒一样割裂,我的过去也随之飞快地旋转变换着。我在过去不仅是名字、人格,甚至连性别也能轻松地发生变化。我曾是年轻的女子，为了心爱的男人甚至与名叫"爱（Amor）"的机器人战斗。

"悲哀""憎恶""爱"……然后，是"疯狂（Insanus）"。在我各种各样的过去中，最重要的核心始终被拥有这些名字的机器人们所贯穿。此外，我必然会失去所爱的人，也是每个过去中都共通的。看来我之所以会在这个世界失去伊尔嘉，也是某种必然。

除去这两点之外，每个世界都拥有不同的历史，并且相互矛盾。不管怎么想，单单一个人类要经历全部是不太可能的。不对，还有一点是所有的过去都共通的。那就是……

"'德塞森特'……"不经意间，从我的嘴边漏出了一个单词。

"没错。"

身后传来风一样的声音。我回过头，那个男人不知何时已经站在那里了。他那被橡胶面具和墨镜所覆盖的脸，显得比往常更加平淡。

"我总是遇见你……"我的喉咙干燥得如同荒原，"你总是在我周围。"

外界加快了变黑的速度。黑暗如同潮水般漫上脚踝，男人的印象变得稀薄，就像是随时都会消失在黑暗中一样缥缈。

"说起来，我算是领航员一样的存在……"男人的声音毫无起伏，"'悲哀''憎恶''爱''疯狂'……你与各种各样的象征进行对决，每一次都在转化力比多。你的每个过去都只拥有不确定的轮廓也是理所当然。象征是心灵能量的喷发，从这个角度而言与梦也没什么区别。象征是内部事象的'具现'，同时其自身也作为契机，发挥着推动心灵过程流动的作用。我有必要让你在各种各样的象征的引导下，推进心灵过程至此……"

"为什么要这么做？"我只能发出虚无的声音，"究竟是为什么？"

"为了能让你成为完整的人类。为了完成没有缺陷的人类，完成'曼荼罗'的人格化。"

男人的声音里似乎有一丝紊乱，是我多虑了吗？

"能告诉我吗？我至今体验过的世界是现实吗？不，现在我和你交谈是现实中发生的事情吗？还是说我只不过是个一直在接受精神分析医生治疗的患者？"

"毫无意义的问题……"男人冷冰冰地回答道,"人类的手脚是遗传的产物。手和脚毫无疑问是现实的存在。那么和手脚一样,作为象征源泉的心(自性)的集体无意识也是遗传的产物。各民族拥有的神话最终都可以被还原为共通的单纯象征。从这个角度来看,神话也可以说是现实吧。既然神话也是现实……"

男人停下了话语。我不由得恼火起来。说来说去,这不等于什么都没有说吗?

"'德塞森特'究竟是什么?"我的语气自然也粗暴起来。

"是你应该抵达的最后的象征。可以说是象征的原始类型,你可以将其当作是核心一样的东西……至今为止的所有象征只不过是'德塞森特'的影子而已。就像是同一块铅版印刷出来的许多图片一样,每一个象征都会变得模糊而暧昧,也是没办法的事情……"

"只要去见'德塞森特',就可以结束这场地狱之旅,对吧?"

"没错……"男人点点头,"地点在亚马孙的……"

男人说出了亚马孙的某个地名。只要得知这点,我和男人之间就没别的事好谈了。不管怎么说,男人也只不过是象征编织出来的影子一样的存在而已。

我已经受够跟影子对话了。

我背过身,朝着门口走去。

男人的声音像是追逐我一样又从身后传来。

"之所以你所爱的人们必须死去……都是为了对力比多造成冲击而采取的无奈措施。希望你能够原谅我……"

区区影子,漂亮话倒是很会说嘛,我不由得想到。

5

　　发源自安第斯山脉的亚马孙河全长六千四百公里,直达大西洋。不愧是世界上最大的河流,也可以说是最后的秘境。

　　在这里,"树海"这个词将化作直逼眼前的实感。占据巴西三分之一的广大地域里还残留着许多无人踏足的地方。位于圭亚那高原和巴西高原中间的亚马孙,海拔高度极低,气候也十分湿润。

　　但是——就算这样的秘境中也照旧有人居住。贝伦、莱蒂西亚、马瑙斯等城市甚至拥有机场,可谓真正的现代化都市。我的目的地安南虽然从规模上远不及上述城市,但也依旧算是亚马孙不多的人口密集地。

不论如何,我也不是为了观光旅游才前往亚马孙的。会见"德塞森特"才是这次旅行的全部目的。

拂晓之际,我搭乘的船抵达了安南港。

正巧是早市开始的时刻。从附近村庄赶来的许多男女汇聚成朝气蓬勃的喧嚣。肉汁焦香的味道扑鼻而来。

当然,丛林里面大概不能指望牛肉或者猪肉之类的。恐怕烤的是剥了皮的卷尾猴吧。但不管是什么肉,总归还是贵重的动物蛋白质。

贫瘠且规模很小的早市,与其说是市场,不如说是以物易物的地方。用船运来动物的原住民们非常引人注目。

我在纷杂的人群中徘徊着,寻找我要找的人。大部分商店都不过是用树枝撑起来的棚子,上面搭着肮脏的毛巾。要找到目标店铺可谓极度困难。

但最终我还是发现了那个男人。事前我已经被告知要找的那个人肩膀上坐着一只普通狨。那只普通狨正毫不停歇地在他的头发里扒拉跳蚤。

老实说，要向这个男人搭话可真叫人踌躇万分。就算是在这个地方，他也算是异常邋遢了。连乞丐都无法与其相提并论。就算在十米远的地方，也有一股难耐的臭气扑鼻而来。

怎么看他都像是一团漆黑的污垢。根本看不出年龄、容貌之类的。虽然他面前的地面上摆放着树木的果实，但怎么想都不可能会有客人光顾的吧。

当我走近这个男人时，甚至产生了一种自己正一脚踏入垃圾场的错觉。但邋遢男甚至都没看一眼正在靠近的我。

"不好意思，我想打听点儿事情……"

我鼓起勇气，向他搭话。

大概是邋遢男眼睛的地方快速闪过一道白色。看起来他至少是毫无疑问地看到我了。虽然看到了，但邋遢男却依旧保持着沉默。

我产生了一种奇妙的怯懦感。仿佛这个邋遢男拥有一种让人难以接近的威严。明明他可能是这个世界上最为肮脏的人……

"听说如果问你的话……"我含糊其词地继续说，"就能见到'德塞森特'……"

就好像是在品味我的话语一般,邋遢男的身体甚至没有移动分毫。他肩膀上的普通狨依旧专心致志地在捉着男人身上的跳蚤。

我等待着,在逐渐变得酷热的阳光中一心等待着男人开口。

甚至有好几次,扑面而来的炎热突然就将早市的喧嚣从我的意识中带走了。

"为什么?"

污垢中裂开一道红色的缝,我听到一个低沉沙哑的声音。

"为什么你想见'德塞森特'?"

那是个渗透了强韧精神力的声音,充满了让人忍不住想伏地跪拜的魅力,完全不符合邋遢男的模样。

"不是想见才去见的。"但是我没有退缩,"是因为不得不见,才要见的。"

才刚说完我就后悔了。作为一个求人办事的人,这么说是不是太过傲慢了?

邋遢男再次陷入了沉默。这沉默莫名地让我感到紧张。

我带着一种祈祷的心情注视着邋遢男。要是邋遢男这时候跟我闹别扭,那我就永远不会再有机会见到"德塞森特"了。

邋遢男的肩膀抽动着痉挛起来——最终这种痉挛波及全身。邋遢男在不出声地笑。污垢"哗啦啦"地从他身上掉下来。

"行吧……"邋遢男像是还没笑够一般地说道,"总之先测试一下你是否有见'德塞森特'的资格吧。"

污垢的集合猛然站了起来。普通狨已经提早从他肩膀上跳下来,利索地往地上一坐,正好负责看店。

"跟我来吧。"

邋遢男用出人意料的敏捷步伐走了起来。我慌忙跟了上去。

似乎和那惊人的肮脏没有任何关系,这个邋遢男身上聚集了周围人们的尊敬。当人们退开为邋遢男让路时,他们眼中浮现的光芒甚至可以说是虔诚。

不过话说回来,他究竟要测试我的什么?

邋遢男将我带到一幢河畔小屋。

小屋朝着河面严重倾斜,看起来随时随地都会滑落下去。那种彻底的肮脏简直和邋遢男浑然天成。不用他说,这里很明显就是邂逅男居住的地方了。

进入小屋后,我的眼睛有片刻什么都看不见。小屋黑得让人以为是穴居人的巢穴,几乎没有考虑采光的问题。

随着眼睛渐渐习惯了黑暗,小屋的全貌也就渐渐呈现出来。原本也不是什么宽敞的小屋,只有最低限度的生活必需品直接摆放在地面上。

小屋角落里的大桶引起了我的注意。里面微弱地传来一种用手掌平拍水面一样的声音。

"来这里的途中有遇上什么妨碍吗?"

突然,站在我背后的邂逅男如此问道。

"妨碍?"

"没错。"

"在里约热内卢倒是遭到了暴徒的袭击……"

"那是神话中的龙……"邂逅男点点头,"神话中的英雄们为了达成目的,不得不克服各种难关。打倒口喷火焰的恶龙,一天到晚打扫肮脏的牛圈。那都是集体无意识喷出的能量导致的……

"从某种角度来说,你拥有未开化民族的心象。因为未开化民族中个体的心与集体的心并没有区别。对于他们来说，精灵、恶魔都是现实中存在的东西。现代人失去了用于神像崇拜的力比多的着落点，反而因此被毒害了。"

"所以，你是……"我的脑海中闪过了一种想法，"神话里起到所谓的魔术师、预言家职责的人。他们中大多数都是盲人，要不就被设定为与其他人有什么不一样的存在……的确，你的邋遢别具一格。"

"或许吧……"邋遢男嘻嘻地笑了起来，"你至今为止克服了各种各样的困难。这倒不是因为你称赞了我的邋遢才这么说的，不过你要当英雄的话，似乎还是稍微差了点儿精神头……另外，虽然说你现在没精打采的有点儿对不起你，但你却还不得不再通过一道难关才行……"

"……"

喉咙里有一种坚硬的东西涌上来的感觉。如果我是那种精神力再弱一点儿的人，那种坚硬感大概就会变成现实的惨叫从喉咙里迸发出来了吧。老实说，哪里需要更多的难关，我至今体验的残酷已经有够受的了。

"不要一脸失落的样子嘛……"邋遢男又咻咻笑起来，

"只是个简单的测试……没错,你看到小屋角落里的那个桶了吧? 你只要把两只手放进桶里就好……"

"桶里……?"

我自从踏入这间小屋时起就一直很在意的那个桶。桶里不停传来水声。我走近桶边,朝里面张望。

我不由得叫出声来。

一条巨大的电鳗正在桶里来回扭动。油腻腻的皮肤散发着黑色的光泽,叫人厌恶得甚至颤抖起来。

"将两只手放入那桶里……"邋遢男的声音从背后逼来,"神话里的英雄们经常被要求将两只手放入火焰之中。你也不得不完成同样的事情。"

"……"

我不禁踌躇起来。电鳗能在瞬间放出七百伏的电流。那威力不要说人,就连马也能电死。

"怎么了?"邋遢男的声音里有一丝嘲弄,"你不想见'德塞森特'了吗?"

我没有选择的余地,磨磨蹭蹭地将两只手伸进了桶里。

电鳗的动作就好像被激怒了一样。

真是难以忍耐的恐怖。光是将手伸进桶里就已经十分恐怖了，而邋遢男这时候却偏偏开始用木棒敲桶。当然，电鳗对声音产生了反应，开始不停地扭动起来。

"住手……"我从紧咬的牙关之间勉强挤出一点儿声音。

"为什么啊?"邋遢男一边继续敲桶，一边快活地说，"英雄仅仅因为这点儿小事就投降可要不得啊。你不是无论如何都要见'德塞森特'吗?"

真是令人讨厌的家伙。不论我说什么，他都会立刻拿出"德塞森特"的名字来，准确无误地击中我的要害。但正如同邋遢男所说的那样，想见"德塞森特"的人不能因为这种事情而退缩。

我闭上眼睛，忍耐着恐惧。敲桶的声音听起来就像是从远处传来的太鼓声。电鳗的触感十分令人恶心。

试炼仿佛将永远持续下去。七百伏的电流随时都有可能贯穿我的身躯，我之所以会觉得漫长也在情理之中。

"行吧……"

终于，邋遢男决定放我一马。我长长地舒了口气，将手从水里抽了出来。手上全都是鸡皮疙瘩，看来不全是因为冷造成的。

"屋后泊着一艘小船。"邋遢男的声音突然变得郑重起来，"乘上船，你就能见到'德塞森特'。"

"就能见到？这是什么意思？"

然而我的疑问被无视了。邋遢男转过身，背着我在地上坐下来。从背后看去，邋遢男已经失去了那种威严，只像是一团污垢。

我只好出了小屋。

小屋后面就是宽阔的亚马孙河。在堪称暴力的炎热下，河面上团团水汽蒸腾而起，游泳的水鸟看起来就像是鲜艳的花朵。

猴子的叫声从不知名的地方不断传来。

原来如此，屋后的确泊着一艘小船——没有任何特征的、肮脏的小船。当然，船上也没有安装发动机之类的东西。

我只要乘上这艘船，就能见到"德塞森特"？要我不怀疑邋遢男的这番话当然是不可能的。

我登上船，将系住船的绳子解开。就在绳子落水的瞬间，我的身体一下子失去了平衡，一屁股坐在了船的底板上。

小船开始在水面上滑行。

我将视线聚集在船的前方。

亚马孙河豚的背反射着光，正奋力地在船前游泳。那是让亚马孙产生人鱼传说的淡水海豚。河豚用绳子拉着小船，正沿着亚马孙河前进。

看起来是河豚负责领路，带我去见"德塞森特"。

这是不可能的事情。话虽如此，但在神话世界中一切皆有可能。如果我这次也依旧是神话世界的居民，是不是应该全权交由命运之手决定呢？

旅程没有耗费太长的时间。十几分钟后，河豚方向一转，开始将小船拖向岸边。

伴随着沉闷的撞击声，小船在岸边搁浅了。

我从船上下来，抬头仰望眼前矗立的建筑。

那是一幢巨大的拱形建筑。墙壁闪耀着白色光辉，和丛林的碧绿形成鲜明的对比。那墙壁是用我根本看不出是什么的材质做成的。我想偷看里面的情况，但弯曲的墙壁上一个窗户都没有。

我既没有惊讶也没有害怕。仿佛很早以前我就知道自己最后会抵达这座拱形建筑。

我笔直地走向拱形建筑。面前的墙壁上裂开一道缝,门朝着两侧利索地滑开。我没有半点儿犹豫,直接踏入了建筑。

一切都非常自然,感觉就像是理所当然的事情。

进入拱形建筑的瞬间,视野被白热刺眼的闪光贯穿。意识中有什么爆发了,我一瞬间又重回黑暗。

我失去了意识。

就好像是在调整幻灯片一样,我的意识在改变其模样。暧昧模糊的部分逐渐消失,直至所有细节都变得清晰起来。就好像穿过了长长的洞穴,踏入青天白日下的感觉一样。

我通过了神话世界,回到了现实。

我睁开眼睛,发现自己正躺在一个巨大的电子装置前面。

真是一台复杂的电子装置。控制台就像墙壁一样矗立在我面前。一对屏幕如同巨大的眼睛一样俯视着我。

装置浑身散发出银色光泽,好像某种祭坛一样。向我显示出一种威压感。

"原来如此……"我低语道，"就是你啊。"

"没错。"电脑说道，"我就是'德塞森特'。"

我全身都传来一种麻痹感。"德塞森特"的真实身份是电脑，这在令我感到意外的同时，又仿佛是相当理所当然的事情。

"你是宇航员，阿尔……"

电脑那如同金属撞击般的声音继续说道。

"宇航员？"

这个单词对于如今的我来说似乎也不那么令人震惊了。在穿越了各种各样不可理解的世界后，我已经不会对任何事情感到吃惊了。

"没错……"电脑的声音在拱顶下回响，"而且可以说是相当优秀的宇航员……但不幸的是，你没能忍耐住在这个星球上独自观测的长期任务。你无法忍受远离地球，一直逗留在异星的孤独。你渐渐开始失去让人类之所以成为人类的集体无意识。这可以说算是一种宇宙病吧。你作为一个人类开始自我消亡……"

"你说这里不是地球?"

"很遗憾……你现在身处的是某行星的观测基地。我的工作是负责基地全部设备的控制以及观测员的健康管理。"

"那些全部都是治疗吗?"我的声音里头一次出现了一丝惊讶,"全都是为了治疗发疯的宇航员吗?"

"神经科也是由我负责的。只要使用某种药物,就连幻觉也可以自由地进行控制……幸运的是你一直坚信这里是地球,这个行星的植物种类也和亚马孙丛林酷似。将亚马孙作为幻觉的基础,我控制起来也比较容易……

"至于你从个人无意识出发抵达集体无意识的剧本,我选择了一部印度佛教典籍。他们认为,死者的心(自性)离开其身体后,在再次投生之前不得不经历三个阶段……第一阶段是个人无意识的领域——为了让治疗更容易,我将你所在的领域设定得非常简单。不要说无意识了,就连记忆我也尽量将其设定得模糊不清。然后,通过让你所爱之人不得不死亡,不由分说地将你推入到第二阶段。他们认为这个第二领域是'饮血诸尊'的领域,也就是集体诸像的领域,从集体无意识产

生的各种各样的神、鬼怪栖息的领域。'悲哀''憎恶''爱''疯
狂'……以及包括 UFO 在内，全部都是这个领域的产物而
已。你克服了诸多的困难，通过与这些鬼神的对决，终于抵达
了第三阶段……

"抵达第三阶段的人，是没有缺陷的人类，拥有包含着个
体无意识、集体无意识全部的心（自性），也就是能够成为完整
的人类的人。在你身上，则体现为回归现实，如此与我面对
面，可以说正是你成了完整的人类的证明……

"我想说，恭喜你完成了治疗。"

"……"

真是异常能说会道的电脑。但是，虽然难得它说了这么
大一通话，我却感觉到电脑的话里有些许难以置信的东西。

有什么让人在意的东西。我逐渐恢复的记忆对电脑的话
持有某种不同的意见。感觉就像是在嚼混着沙子的面包一
样。究竟是什么让我在意？

"这里真的是现实吗？"我问。

"什么意思？"电脑立即反问。

"我的记忆十分混乱，大概是因为还没有恢复正常机能

吧。"我的声音嘶哑了，"但是，我似乎曾经听说过拥有集体无意识的电脑的事情。当然，只不过是疑似的集体无意识，但就算如此，也依旧对电脑的机能造成了巨大的损害。本来应该完全精准正确的电脑，如果拥有哪怕只是疑似的集体无意识，也是相当不得了的事情了……所以，我听说人们就进行了设置，让那拥有集体无意识的电脑启动了自动修复机能。"

我用舌头舔了舔嘴唇。

实际上对于自己刚刚所说的话，我根本无从判断这究竟是基于一段真正听来的记忆，还是单纯的我突发的妄想而已。说来惭愧，但我的确完全不知道。

"他们让电脑创造一个人，然后让那个人受到自己的集体无意识的驱使活动。然后，当电脑判断集体无意识完全被净化之际，就会将那个人从程序中删除……如何？ 不是这样吗？ 我只是你为了治疗自己而产生的程序产物不是吗？"

"不是。"电脑立刻回答。

"你能证明不是吗？"

我的声音近乎悲鸣。虽然我打心底祈祷它能告诉我它能证明……

"不能。"电脑的回答十分冷漠无情,"至少,以我的力量无能为力。"

"什么意思?"

就在我这么追问的同时,背后传来叹息般的声音。我回过头,映入眼帘的是一扇敞开的门。

"虽然我不能,但你可以靠自己的力量证明。"电脑无机质的声音在拱顶中回响,"去外面看看吧。如今的你并非身在幻想之中。到外面去,用自己的眼睛确认一下这里是其他行星还是地球。如果这里是其他行星,那么我说的就是正确的。如果是地球的话……那时候,你将作为程序的产物而消失。"

"……"

这句话里包含着一种令人难以抗拒的诱惑。而且我已经累了,不想再去怀疑自己的身份了。不管是哪种结果,我都希望能够尽早了结这场噩梦。

我就像是被某种力量推动着一样,笔直地朝着那扇门走去。接受治疗的究竟是我还是电脑? 这个疑问反复在我的脑海中回响着。

我朝外踏出了一步。

　　茂密的树林里树枝纠缠盘错,层层叠叠的树冠上露出圆弧的屋顶。丛林被寂静所包围,没有任何移动的东西。拱顶看起来就像是绿色大海上漂浮的一座白色小岛。

　　一阵风吹过,却连树枝都未吹动。

　　嗡……突然间,拱顶震动起来,发出低沉的金属音。然后一个如同耳语但又充满了力量的声音响遍丛林。

　　治疗完成……

后　记

我想写一个噩梦般的故事。

我对记载噩梦本身其实没有多大兴趣。

具有噩梦的特征，且其情节自身就是噩梦，这样是行不通的。因为"一切都是一场梦境"这种小说结尾过于陈腐，搞不好还要被指责说是愚弄读者，那样我可就百口莫辩了。

在我看来，噩梦的特征就是"重复"。

在噩梦之中，我们能清楚地意识到，这种恐惧是以前曾经体验过的，而之后大约也还会一遍遍地体验。噩梦最可怕的，就是这一点。

因此,故事的主角就必须以不同的形式反复体验本质上相同的恐惧。我想,这才能算是噩梦般的故事。

科幻杂志《奇想天外》找我约稿连载长篇的时候,我一下子就想到这种模式,说来也是理所当然。

促使我创作这个故事最初的契机,是电视剧《六号特殊犯人》①。自看过《秘密探员》之后,我就成了帕特里克·麦高汉的铁杆粉丝,因此每周都一定会守在电视机前看《六号特殊犯人》。

主人公反复尝试逃跑,然后又一次次地被抓回来……在这个重复的过程之中,我逐渐明确地意识到了"噩梦"这个东西。

在麦高汉本人特殊性格的加持下(说起来,《秘密探员》中好像也有特工做噩梦的相关描写……),《六号特殊犯人》带有一种极端的非现实性,而同时这部谍战动作题材的剧集又具备充分的娱乐性,一部不可思议的作品就这样诞生了。剧集

---

① 原名 *The Prisoner*,是帕特里克·麦高汉导演的一部科幻剧集,首次播出于二十世纪六十年代。下文提到的《秘密探员》(*Secret Agent*)也是麦高汉导演的剧集。

中那种浓厚的神经质风格的氛围是非常亮眼的一个点。

在某种意义上或许可以这样说:从沉迷于《六号特殊犯人》的时候起,我就已经开始着手准备创作这部《地球精神分析记录》了。

衷心感谢《奇想天外》编辑部的编辑们,他们毫不犹豫地同意刊登这部稀奇古怪的作品。另外还要特别感谢德间书店的久保寺进先生,他为了本书单行本的出版可谓尽心尽力。

(贾雨桐　译)